AF363055

VIAJANDO ENTRE DOS MUNDOS

Título: *Viajando entre dos mundos*

1º edición: junio de 2017 – *Independently published*
2º edición: septiembre de 2023 – *Independently published*

ISBN edición de tapa blanda: **9788469725689**
Independently published

Idea de portada: *Juan Antonio Villaseñor Milán*
Diseño de portada: *Juan Antonio Villaseñor Milán*
Corrección: *José Luis Machancoses*
Maquetación: *Ismael Santiago*

www.ismaelsantiago.com

VIAJANDO ENTRE DOS MUNDOS
(Parte 2)

ISMAEL SANTIAGO RUBIO

LIBROS DE LA SERIE:

- Exiliado en el futuro (Parte 1)
- Viajando entre dos mundos (Parte 2 y final)

Para mi abuelo,
que se ilusionó y creyó en esta historia.

PRÓLOGO

Desperté postrado sobre una especie de camastro que colgaba del techo a modo de hamaca. Más tarde descubrí que estaba confeccionado con hebras de *biomo*. El verde reinaba en el interior de la exótica cabaña en la que me encontraba. Su arquitectura estaba compuesta por vegetación diversa. La construcción mostraba gran solidez y consistencia.

Escudriñé el lugar tratando de averiguar dónde me hallaba. A unos cinco metros de mi posición, en la penumbra, vi a alguien durmiendo sobre lo que parecía ser un banco de madera. Fijé la mirada y la descubrí. Se trataba de Ariel, que permanecía dormida en una complicada posición corporal. ¿Seguía sumido en un sueño? ¿O aquella escena significaba que nuestro reencuentro, tras mi llegada a Kepler, había sido real?

Después de todo lo vivido, de añorarla tanto, necesitaba regalarle cuanto antes el abrazo más puro que se podía dar. Sentí ganas de despertarla, de iniciar nuestro apasionante reencuentro. Pero otro sentimiento, de lo más inesperado, curioso y tierno, se entrometió en mi cabeza durante unos segundos. Mi corazón se adueñó de la situación. Al verla dormir plácidamente, encontrarme con su belleza, con su rostro angelical, y con su frágil respiración, quise deleitarme un instante con aquella escena. Y esperé. Disfruté de ese momento. Echaba de menos todo de ella, hasta esos momentos en los que en nuestro antiguo hogar la contemplaba mientras dormía.

Al despertarla se levantó rápidamente del banco en el que se había quedado dormida mientras me cuidaba y se abalanzó sobre mí. No paraba de repetir: *«Álex, mi vida, estás aquí.»* Un colosal y apasionado abrazo al que ninguno de los dos podíamos ponerle fin, se apropió del momento. La tensión contenida de Ariel no tardó en convertirse en lágrimas que resbalaron por sus mejillas hasta humedecer las mías. Se produjo el momento más emotivo de toda mi existencia. Si algún experto en el campo del amor hubiera interpretado el encuentro, hubiera calificado el momento como una escena en la que dos personas tenían miedo a volverse a separar, y que a partir de ese instante se fundían para dar lugar a un único individuo.

Necesitábamos recuperar todo el tiempo perdido y estábamos dispuestos a ello. La vida en Kepler nos esperaba…

KEPLER 22B

Mientras manteníamos nuestra pasional y magna escena de amor, incliné ligeramente la cabeza para mirar mi pie.

—Lo llamamos *biomo* —me explicó Ariel más calmada.

—¿Cómo dices?

—Me refiero al material con el que mis compañeros te han vendado el tobillo. Pronto estará curado. Posee propiedades curativas sorprendentes, entre otras muchas cualidades. Más adelante descubrirás por qué el *biomo* es tan importante para nosotros. Lo utilizamos casi para todo.

—¿Cómo he llegado hasta aquí? —le pregunté.

—Mis compañeros me ayudaron a traerte. Todos permanecen entusiasmados con vuestra llegada. A pesar de que desean realizarte infinidad de preguntas sobre el estado de la Tierra, creyeron conveniente darte un periodo de adaptación aquí, junto a mí. Lo importante es que te recuperes, mi amor.

Ariel vestía de forma peculiar. Mientras que algunas piezas de su ropa estaban confeccionadas con hebras de *biomo* y hojas de plantas, otras parecían ser recortes de un viejo traje espacial consumido por el tiempo, o algo por el estilo. Esta exótica mezcla le hacía parecer una indígena del futuro.

La palabra curiosidad se quedaba corta para expresar las ganas que sentía de conocer dónde me encontraba, cómo vivían allí, cuántas personas habían conseguido subsistir… Sólo conocía la historia que anteriormente me había contado Manuel, su particular teoría sobre Kepler, y lo que podía haber sucedido allí durante todos esos años. Pero lo que más me intrigaba de todo era: ¿Que había sido de Manuel tras el accidente? Ariel me acababa de decir: *"Todos permanecen entusiasmados con vuestra llegada"*. Por lo tanto, esas palabras sugerían que sus compañeros habían encontrado a mi antiguo jefe. Pero… ¿en qué estado lo habían hallado? ¿Habría sobrevivido al accidente? ¿Lo habían encontrado en la otra mitad de la nave? Ariel también había dicho: *"A pesar de que desean realizarte infinidad de preguntas sobre el estado de la Tierra, creyeron conveniente darte un periodo de adaptación aquí, junto a mí"* ¿Podía significar ese comentario que Manuel no se encontraba en buen estado para responder las preguntas del grupo? ¿Era el único superviviente, y por ello me esperaban con impaciencia? Ariel tampoco conocía este hecho. Ella había estado junto a mí en todo momento. Por lo tanto, no pudo despejar mis dudas cuando le pregunté.

Seguimos abrazados sobre la hamaca de *biomo*. Dos horas más tarde Ariel ya me había hablado de algunas de las cosas que me esperaban fuera de la cabaña. Manteniendo la cercanía, se puso de pie y descolgó del techo de la cabaña otra hamaca y se sentó en ella permaneciendo muy cerca de mí. Después me invitó, si mi tobillo me lo permitía, a adoptar su misma posición frente a ella. Al hacerlo, apoyé levemente sobre el suelo de la cabaña mi pie herido, y quedé estupefacto. No sentí ningún dolor. A consecuencia de ello me animé a tantear y comprobar su estado, me puse de pie. El daño ya no existía. Mi tobillo estaba curado.

—Ya te he dicho que el *biomo* posee propiedades sorprendentes —me explicó al presenciar mi asombro.

—¡Es increíble! —exclamé cargando todo mi peso sobre ese pie.

Me propuso que intercambiáramos lo que habíamos vivido durante nuestra separación. Aunque Ariel tenía muchas cosas que contarme quiso escuchar antes mi historia. Intuía que su estancia en Kepler había sido más tranquila que la mía en la Tierra. El hecho de que mi aspecto no hubiera envejecido ni un ápice durante algo más de doscientos años, al contrario que el de ella, le rompía sus teorías. Intuía que algo insólito debía haberme ocurrido. Tampoco podía despegar su mirada de mi brazo metálico, ni rebajar la atención que mostraba hacia mi ojo de cristal. Su mirada delataba que le costaba asimilar los cambios que habían transformado mi cuerpo.

Aunque le desvelé primero mi historia, me intrigaba notablemente la vida de Ariel que me había perdido.

Comencé contándole mi llegada a *Frigoma* y mi visita a la *zona de pruebas*. Compartí con ella el momento en el que se produjo el gran terremoto, y cómo caí al foso de agua cuando estaba a punto de solidificarse. Le intenté transmitir todo detalladamente. Seguí explicándole que fueron doscientos dos años los transcurridos hasta que un equipo del *SSEM* me despertó de mi letargo bajo el hielo. Mi historia era tan increíble que Ariel mantuvo su expresión de asombro durante todo el relato. Sus ojos, completamente abiertos, expresaban que le costaba asimilar lo que estaba escuchando.

Tras contarle mis vivencias en el *SSEM*, la implantación de mi brazo metálico y mi ojo, le relaté cómo logré fugarme. Su semblante revelaba emoción. Compartí con ella la tristeza y desesperación que me apresaron cuando fui consciente de que me hallaba en una época tan lejana a la mía, donde ella no podía existir. Le describí mi desolación.

—Lo has tenido que pasar fatal —me interrumpió. Soltó mis manos para secarse las lágrimas.

—Ariel, los sucesos anteriores ya no importan. Sólo el presente merece nuestra atención.

Durante un par de minutos hice un pequeño descanso para apartarla de ese mal rato. Me dediqué a abrazarla, a consolarla y mimarla.

Retomé la historia de mi encuentro con Nerón en el deteriorado y solitario suelo de Madrid.

Le comuniqué el estado actual de la Tierra, mi travesía por los subterráneos de la ciudad, mi encuentro con Ricky, y también la implantación de mi *thoughtchip*. Le expliqué su funcionamiento, y el motivo por el que lo necesitaba.

Cada frase aumentaba en ella la tensión, la incertidumbre y las ganas de descubrir el siguiente episodio que me llevó hasta ella: mi viaje en el impulsor, las consecuencias del terremoto, el aspecto de los Estados, *Nueva Villalva*, mi andadura bajo la radiación, mi encuentro con nuestra antigua casa, o mejor dicho, con los indicios que me hicieron comprender que se encontraba totalmente enterrada y destrozada bajo la tierra. Le conté mi peculiar visita a la antigua casa de Manuel Sánchez y mi episodio en su derruido sótano:

—Allí descubrí que después de tantos años Manuel seguía vivo a bordo de su estación espacial, involucrado en su fracasado proyecto *Matusalén*.

—¿Proyecto qué…?

A continuación le expliqué en qué consistía el proyecto, y por qué había fracasado según las explicaciones de mi antiguo jefe.

—Manuel se ilusionó tanto al descubrir que seguía vivo, que decidió llevarme hasta su estación espacial. Allí me reveló que os había regalado la oportunidad de empezar de cero aquí. Cuando se coló en mi mente la idea de poder encontrarte, volví a nacer.

—¡Qué bonito, Álex! Yo he vuelto a nacer hoy, y esta vez nada va a poder separarme de ti.

Cuando terminó nuestro beso, proseguí. Terminé mi historia compartiendo con ella cada minuto de mi viaje espacial, incluyendo en ella la ensoñación que aparentemente experimenté durante mi desvanecimiento a causa del viaje interestelar. Le conté que, al despertar de dicha visión, como por obra de magia, volví a vivir de nuevo lo recreado durante mi sueño. Que hasta los más pequeños detalles se hicieron realidad. Lo que me hizo creer que había vivido dos veces mi llegada a Kepler, incapacitándome por completo para poder distinguir cuál de ellas había sido real.

Ariel no pareció muy sorprendida por este asunto. En cambio, yo todavía intentaba buscar una explicación lógica. Ella parecía tener una ligera idea de la causa de este suceso, aunque por el momento no profundizase en ello. Tras mi insistencia y por la preocupación que denotaban mis expresiones al contárselo, para tranquilizarme dijo simplemente:

—Álex, no te preocupes por eso. Seguramente el *biomo* ha jugado un papel importante cuando llegaste. No has sido el único que ha sufrido alucinaciones, o esta clase de alteraciones mentales —me explicó mientras me acariciaba suavemente la mejilla para relajarme —, pronto descubrirás por qué te digo esto. Como tú dices, ahora lo único que importa es que estás aquí, conmigo. Es mi turno, te contaré mi historia.

¿Qué ocurría en Kepler con el *biomo*? Todo apuntaba a que algo misterioso sucedía con aquella planta. Una planta que Ariel me acababa de afirmar que era muy importante para ellos y que la utilizaban para todo.

Ariel me contó su historia:

—A pesar de lo maravilloso que parecía ser el planeta, la

inyección de felicidad, las ganas de vivir que transmitía, y lo reconstituyente que resultaba este nuevo entorno para nosotros, pasé los primeros años inundada en tristeza. Una gran desolación por haberte perdido se adueñó de mí. Ese fatal sentimiento me bloqueó y me incapacitó para disfrutar de las insuperables sensaciones que transmitía mi nuevo entorno. Contagiados por la energía y bienestar que reina bajo esta atmósfera, mis compañeros colaboraron en unidad para establecer una colonia estable.

»Mientras realizaban exploraciones, buscaban alimentos, fabricaban objetos y construían cabañas, yo me ahogaba en un estado depresivo que me mantenía apagada y totalmente apartada del grupo. Aunque mi corazón siempre sufrió por haberte perdido, los dos primeros años fueron cuando padecí con mayor intensidad aquella crisis.

»Hacía varios meses que Kepler parecía llamarme. Un día un extraño impulso unido a un excesivo bienestar me llevó al exterior de la cabaña en la que había estado clausurada por mi propia voluntad durante todo ese tiempo. Ese día caminé fuera de mi hogar más de lo que tenía por costumbre. Cuanto más se alargaba mi caminar, cuanto más extendía mi contacto con la naturaleza, cuanto más tiempo desplazaba mis pies descalzos sobre la corta y suave hierba, mayor percibía esa llamada. Kepler había logrado romper la barrera que mi pesar me había impuesto. Conectó conmigo. Álex… es difícil de explicar, pero aquí las personas están más vivas y son mucho más felices. Además… este mundo parece estar vivo.

»Aquel día me convertí en el epicentro de todas las miradas. Mientras la mayoría de mis compañeros permanecían sumidos en sus respectivas tareas, yo simplemente caminaba sin rumbo aparente. Al verme, todos dejaron lo que estaban haciendo. Permanecían atónitos. Uno de ellos se acercó hasta mí con cautela y preocupación, dada la rareza de mis actos. Pero en cuanto presenció la amplia sonrisa que me acompañaba, su rostro cambió, se tranquilizó y se alegró.

»La hierba acariciaba mis pies descalzos, la tenue brisa me envolvía y protegía, la vegetación que me rodeaba me ofrecía el olor del paraíso y el verde del cielo me regalaba su brillo. Kepler siguió insuflándome la dosis de vida que necesitaba. Desde ese momento, como por obra de magia volvía a sentirme viva. Más viva que nunca. Aunque seguí pensando en ti, comencé a ser feliz.

»A partir de ese día fui una más en el grupo. Comencé a sociabilizarme. Me encomendaron una tarea. ¡Álex, soy tejedora! Mi labor es enhebrar y tejer *biomo*. Con ello fabricamos objetos, utensilios… Como por ejemplo este par de hamacas. Me encanta mi trabajo, suelo realizarlo por las mañanas bajo *"Álex"*, mi árbol favorito.

—¿Le has puesto mi nombre a un árbol? —le pregunté mientras me levantaba de la hamaca.

—¡Así es! Ja ja ja ja —Ariel rió y se abalanzó hacia mí con un pequeño salto. Mientras me abrazaba seguía riendo de alegría.

Era la Ariel que recordaba, la chica feliz, entusiasta y rebosante de energía. Cuando acabó ese paréntesis de felicidad prosiguió:

—Pronto me puse al día con el grupo, con sus logros, con sus descubrimientos, con mi entorno, con el planeta… Descubrí todo el poblado, formado por una veintena de cabañas similares a esta. La mayoría están ocupadas por grupos de cuatro o cinco personas. Se crearon familias. Ya no vivo sola; desde mi integración en el grupo vivo con dos compañeras muy simpáticas. Se llaman Ada y Sandra. Nos hemos hecho muy amigas.

»Pero no todo fueron buenas noticias. Mis compañeros me contaron que durante mi aislamiento el grupo había sufrido dos bajas. Dos de nuestros compañeros fallecieron la segunda semana.

—¿Qué les sucedió? —le interrumpí.

—No todo es tan maravilloso aquí… Existe un problema… —Ariel hizo un paréntesis. Parecía no saber cómo continuar. No quería preocuparme, así que prosiguió—. También me contaron, que además de las dos bajas, tres de nuestros compañeros se habían independizado del grupo tras no alcanzar un acuerdo. Ellos querían que se reparara la nave en la que llegamos para… volver.

—¿Volver a la Tierra? ¿Para qué?

—Álex, no quiero preocuparte, acabas de llegar y…

Ariel parecía estar metiéndose en un callejón sin salida. Su cara, sus gestos, reflejaban claramente que no quería desvelarme esa información tan pronto.

—Ariel, ¿qué sucede aquí?

—El grupo… nosotros, no compartíamos la idea de volver a la Tierra. Si la gente poderosa de nuestro planeta descubre las características de Kepler, no tardará en venir y destruir este maravilloso hábitat. Alterarán la paz y armonía de este ecosistema, y convertirán todo esto en una segunda versión de la contaminada Tierra. Cuando se expuso la opción de volver, realizamos votaciones. Todo el grupo excepto tres individuos (dos ingenieros de la antigua *Flights* y un piloto) apoyamos la idea de empezar a expandirnos desde cero en Kepler, comenzar una nueva vida sin dar noticias a la Tierra. El desacuerdo provocó que estas personas se separaran del grupo llevándose la nave en la que vinimos.

—Si tienen la nave en su poder… ¿por qué no han vuelto a la tierra? ¿O sí lo han hecho? —le pregunté.

—A pesar de que se encuentra en perfectas condiciones, la nave únicamente está preparada para despegar desde su lanzadera de origen. No puede propulsarse hacia el espacio por sí sola. Así que únicamente la utilizan para realizar exploraciones volando a baja altura. Al igual que hacíamos nosotros cuando disponíamos de ella.

—¿Por qué, o para qué quieren regresar?

—Te lo contaré cuando salgamos al exterior —me contestó.

—¿Durante este tiempo, se han dirigido a vosotros? ¿Han venido por aquí?

—No. Siguen empeñados en volver a la Tierra. Tenemos constancia de que permanecen ubicados en una pradera a unos diez kilómetros de aquí. Realizan constantes modificaciones y cambios en los parámetros de la aeronave para conseguir hacerla despegar fuera de este mundo. Hace años que no trabajan con el mismo empeño. Están desmoralizados por no haber logrado sus objetivos en doscientos años.

Ariel me había dejado un poco desconcertado con todo esto. ¿Con qué fin querían volver a la Tierra? Según Ariel, Kepler era perfecto para la vida. ¿Estarían relacionadas las dos bajas con el desacuerdo y el consiguiente conflicto? ¿Qué sucedía en Kepler?

La incertidumbre aumentó las ganas que tenía de salir de la cabaña para ver el exterior. Pensé en Manuel. ¿Qué pensaría él si se encontraba con esta situación? Primero deseaba comprobar en qué condiciones se encontraba mi antiguo jefe, si estaba vivo. Segundo: conocer mi nuevo mundo.

BIOMO

Esperaba encontrarme a un grupo de personas ansiosas por hablar conmigo. Pero no hallé ni a un solo individuo fuera. Es más, al abrir la puerta me encontré con algo muy diferente a lo que esperaba ver.

—¡Cuidado Álex! ¡Espera! —exclamó Ariel alarmada por mi acción.

Ya había despegado uno de mis pies del interior de la cabaña, y casi sin dedicar una mirada al exterior me disponía a pisar Kepler. Por suerte, la alerta de Ariel evitó que lo hiciera. No había suelo. Un movimiento en falso hubiera hecho que me precipitara desde aquella gran altura. Unos ochenta metros me separaban del terreno. Al aferrarme con fuerza al marco de la puerta contrarresté la inercia que mi cuerpo ya había adquirido, y evité la caída. La cabaña no descansaba sobre la superficie de Kepler.

—¿Qué se supone…? —pronuncié exaltado.

—Álex, la cabaña está colgada de los árboles.

A pesar de que eran similares a los de la Tierra no eran árboles convencionales. Sus proporciones eran gigantescas.

—Álex, esa no es la salida. Es por aquí —me explicó Ariel mientras se recuperaba del susto que le había provocado.

Salimos por la puerta que me indicó. Caminamos sobre una grandiosa y amplia rama cuya consistencia era proporcional a su grosor. Nuestro peso no la movió ni un ápice. Aunque mantenía cierta pendiente descendente, resultaba cómodo caminar sobre ella.

—Álex ten cuidado, camina por el centro —me exhortó Ariel para que no resbalase— no pises fuera de la zona desgastada—. El musgo de sus laterales brillaba peligrosamente.

Todo a nuestro alrededor era verde. Una gran maraña exótica nos rodeaba. La selva me impedía ver el cielo.

De vez en cuando la rama que pisábamos formaba curvas. El caminar de Ariel denotaba que estaba familiarizada con el camino. En cambio, yo me movía con torpeza y miedo a caer de dicha altura.

—El camino sigue por aquí, ¿lo ves? —me explico Ariel señalando otra rama que se cruzaba.

Para llegar hasta el suelo caminamos sobre varias ramas pasando de una a otra en puntos donde se conectaban. Siempre rodeados de maleza, lianas, exóticas hojas, y ramas de menores proporciones. Parecía como si con el paso del tiempo, la vegetación hubiera formado un túnel natural para facilitarnos el paso.

Justo cuando pisé la superficie de Kepler percibí algo extraño, difícil de explicar. Sentí una química especial con el hábitat, capté la belleza de mi entorno. De repente recibí una dosis extra de vitalidad. El extraño éxtasis que estaba experimentando, hizo que de momento me olvidara de la pregunta que llevaba realizándome durante el descenso: ¿por qué las cabañas estaban en las alturas?

Sentí estar más vivo que nunca y en armonía con el lugar. Al mismo tiempo tranquilidad y paz. Al experimentar aquello comprendí totalmente la experiencia que me había relatado Ariel anteriormente, en la cual Kepler parecía llamarle. En ese momento Kepler me estaba dando la bienvenida, me estaba invitando a vivir de verdad.

—¡Ariel, esto es precioso!

—¿A que sientes la vida como nunca antes? —me cuestionó Ariel conociendo mi respuesta.

Alcé la vista para disfrutar del enmarañado techo selvático que nos envolvía. Difuminada entre diversas tonalidades de verde, distinguí la cabaña en la que habíamos estado.

—Las demás cabañas están allí —me indicó señalando la inmensa aglomeración de árboles que proseguía hacia nuestra derecha—. Mis compañeros están allí ¿Preparado para ir a verlos?

Por un lado quería ir para recibir cuanto antes noticias de Manuel. Pero, por otro lado, permanecía cautivado y embriagado por la belleza y exuberancia del paisaje que se alzaba sobre mí, y quería seguir estándolo. Aquello era precioso.

—Ariel, me gustaría ver el cielo.

—Pues vayamos a verlo. Sígueme.

Tras unas decenas de metros en dirección opuesta a las cabañas, correteando de la mano como dos niños enamorados, salimos de la vegetación. Mi tobillo reaccionaba de forma espectacular.

Cuando salimos de la maleza se descubrió el verde cielo, despejado, con ligeros matices azules. A la izquierda se observaba caer el astro que daba vida a Kepler. La belleza de lo que veía me mantenía hipnotizado.

Cuando devolví la mirada hacia abajo, hacia el suelo, un nuevo escenario se proyectó ante mí. Ya no pisábamos la enredada vegetación que existía entre los árboles. Un manto de fina hierba, que parecía haber sido tallada cuidadosamente, se extendía al frente, durante un kilómetro. Eché la vista atrás, hacia la frondosidad del bosque del que habíamos venido. Distaban tanto esos dos paisajes...

—Álex, ya que estamos aquí me gustaría enseñarte algo antes de encontrarnos con el grupo —Ariel, entusiasmada, me agarró del antebrazo y tiró de mí hacia el frente.

Al kilómetro recorrido surgió una leve pendiente descendente que continuaba durante un centenar de metros. La hierba por la que caminábamos no varió su apariencia.

El suelo que pisábamos pronto llegó a su fin y nos encontramos ante un gran acantilado. Ariel me llevó hasta el borde de una profunda, ancha y alargada cresta del terreno, que se presentaba ante nosotros, similar al "Grand Canyon" del Colorado, pero de menores proporciones. Desde nuestra posición era imposible distinguir su fondo, por la gran altura en la que nos hallábamos y porque una fina neblina recorría su interior. Ariel me había llevado hasta allí para mostrarme la belleza del paisaje. En la lejanía, al otro lado del hundimiento, justo donde las paredes volvían a elevarse sobre la niebla, se alzaba un cerro vertical de mayor altura, que permanecía cubierto de una exótica vegetación multicolor, muy diferente a la variedad de plantas que me había encontrado por el momento. Desde nuestra posición, esos contrastes, ese vivo colorido, le otorgaba fantasía al lugar. Amarillo, azul, rosa, dorado, y varias tonalidades de verde conformaban el paisaje más bello que había visto.

—¿Has estado en el otro lado? ¿Existe alguna forma de llegar? —le pregunté observando lo que parecía ser un camino que descendía en *zig zag* desde nuestro lado.

—Mmm… —A Ariel no le gustó mi pregunta. No sabía qué decir.

—Quiero estar allí, sentir el lugar, tocarlo… —le espeté completamente extasiado por la magia de Kepler.

—Puede que esa senda —dijo señalando el camino que ya había visto— ascienda por el otro lado, pero, aun así, no es buena idea. No podemos ir —me respondió.

—Bueno… no tiene por qué ser ahora, ni hoy. Podemos volver otro día —le insté con emoción.

—No —contestó rotundamente—. Lo siento Álex, pero esa zona… —Ariel medía sus palabras— no posee el particular color del *biomo*, y si no hay *biomo* es peligroso ir.

—¿Por qué? ¿Puedes explicármelo?

Ariel me contó que, nada más llegar a Kepler comprobaron cómo en ocasiones miembros del grupo sufrían trastornos psíquicos, delirios y alucinaciones sin motivo aparente. Pronto tomaron consciencia de que esto únicamente sucedía cuando alguien se alejaba de las zonas donde crecía el *biomo*. Fuera de ellas los sentidos de las personas se alteraban incontroladamente. En ocasiones el individuo que sufría ese inexplicable desbarajuste mental llegaba a autolesionarse gravemente. En general, la mayoría de las personas que padecían la falta de *biomo* se convertían en un peligro para sí mismos. Esto era un gran problema, ya que la mayor parte del planeta carecía de *biomo*. Este problema produjo las dos bajas del grupo que me había mencionado Ariel.

Se desconocía por qué únicamente crecía en determinadas áreas. Aunque se trabajaba en ello, nadie había conseguido hallar la manera de hacerlo crecer fuera de sus áreas. El mecanismo de reproducción del *biomo* era muy complejo.

El hecho de que el *biomo* predominara en el lugar donde habían construido el poblado no era casualidad. Tras descubrir el problema, optaron por desarrollar sus vidas dentro de una zona inundada por esta peculiar planta tan necesaria para la vida en Kepler. Con ella realizaron parte de las cabañas, herramientas, objetos… El *biomo* también tenía gran cantidad de propiedades benéficas y curativas.

Pero no todos reaccionaban de igual manera a la falta de *biomo*. Comprobaron que algunos, además, padecían lo que ellos mismos denominaban: *vivencias dobles*.

—Algunos han sufrido ensoñaciones, desvanecimientos similares al tuyo —me contó Ariel.

—¿Igual que yo?

—Sí. Existen algunas personas que recuerdan haber… Algunos describen haber vivido dos veces los mismos acontecimientos, al igual que tú durante tu viaje espacial. Afirman haber vivido ciertas escenas de nuestra llegada al planeta, que tras desmayarse se repitieron de manera idéntica. Eso se debe a que durante nuestro descenso estuvimos expuestos en un entorno sin *biomo* hasta llegar a la superficie. Lo mismo debió sucederte a ti.

Permanecimos observando el bello paisaje mientras Ariel me contaba aquello y algunos acontecimientos más que se habían producido en el planeta.

—¿Ha nacido algún niño durante todos estos años? —se me ocurrió preguntar al escucharle decir que varios de sus compañeros se habían enamorado y casado en Kepler durante estos años.

—No Álex, no sabemos por qué… —dijo bajando la cabeza mostrando desilusión— el embarazo no es posible aquí.

Entonces fui consciente de que a pesar de las mágicas sensaciones y el placer que nos transmitía, Kepler no era el lugar idóneo para las personas. Mientras no se pudiera tener descendencia, mientras no pudiéramos movernos con libertad sobre su superficie, sólo sería un lugar provisional. Una oportunidad que el destino le había otorgado a un grupo de personas para que pudieran alargar sus vidas y vivir plenamente en ciertas áreas de un nuevo planeta. Una oportunidad única en un mundo exótico y mágico. Donde el ser humano conectaba sensorialmente con su hábitat, despertaba sinápticamente, descubría la verdadera felicidad y disfrutaba de un nuevo renacer acogiéndose a la llamada efectuada por Kepler.

ÚRSAGOS

—¿Cómo se puede saber si una determinada zona es segura? ¿Si en ella hay *biomo*? —le pregunté.

—El *biomo* no es una planta específica ni crece de una forma determinada, pero siempre es verde oscuro, concretamente este tono —me indicó mostrándome una fina hoja que arrancó de la hierba que pisábamos, que mantenía el color predominante del exterior de la cabaña de Ariel—. Si esta hierba no tuviera este matiz correríamos peligro. En estos momentos estaríamos padeciendo los efectos de la falta de *biomo*.

—¿No bastaría con llevar hojas, o tallos de la planta con nosotros? —le propuse—. Partes de tu ropa parecen ser *biomo*.

—No Álex, no funciona así. Cuando el *biomo* es tallado o arrancado, deja de transmitir al aire las esporas que nos protegen.

—Cuando me contaste que sufristeis dos bajas en el grupo pensé que habían muerto a causa del desacuerdo que os separó. Ya sabes… a que alguien hubiera perdido los papeles dando inicio a un grave conflicto. Pero ahora que he conocido que la falta de *biomo* fue el motivo…, y que además la especie humana no puede tener hijos aquí… —dije preocupado— Ariel, todo esto me está haciendo pensar. Creo que he adivinado, sin que tú me lo digas el motivo por el que tres de los vuestros quieren volver.

—La situación les asusta —Ariel corroboró mi sospecha— En realidad nos asusta a todos. Aun así, decidimos no apoyar sus planes.

—¿Qué planes?

—Creen que en la Tierra nos podrían ayudar a solucionar estos dos problemas.

—Quizás lleven razón, ¿no? —le espeté.

—Quieren volver con muestras de *biomo* para tratar de subsanar esto. Además, también quieren solucionar el problema que tenemos con la reproducción humana aquí. Pretenden pedir ayuda a los gobiernos para ello. Si logran regresar, quizás los científicos de la Tierra aprendan a trasplantar el *biomo,* o encuentren la forma de eliminar los efectos de su falta. ¿Quién sabe?

—Dadas las condiciones en la que se encuentra nuestro antiguo mundo, cuando tengan noticias de las características de Kepler y que aquí nuestras vidas pueden alcanzar los seiscientos años, pondrán todo su empeño en hallar soluciones. Eso sería bueno para las personas —intenté hacerle comprender—. Llevan mucho tiempo buscando un planeta sustituto. Kepler puede ser la solución para la humanidad.

—No te confundas —puntualizó Ariel— harán cómo siempre, los adinerados y poderosos intentarán explotar este lugar y beneficiarse de los recursos que hay aquí.

—Aunque fuera así, podría ser la solución para evitar que el ser humano desaparezca. En la Tierra no existe suficiente energía para mantener las cúpulas de *anti-radiación* durante muchos años más.

—Nosotros también creemos que podría ser una solución, pero no la adecuada —Ariel frunció el ceño—. Si logran volver a la

Tierra traerán más problemas que soluciones. Los gobiernos de la Tierra se harán con el planeta y acabarán cargándose este mundo, como han hecho con el nuestro.

—Igual os equivocáis. ¿Qué hay de malo en intentarlo? Me parece egoísta el hecho de quedarnos aquí sin desvelar nada a nadie —le ofrecí mi más sincera opinión.

—Joseph dice que nos protejamos de la avaricia humana, del deseo de poder, del dinero y del lado tenebroso que tiene nuestra especie. Nos alerta de que si vienen nos invadirán con todo eso, y acabarán convirtiendo este brillante planeta en lo mismo que convertimos a la Tierra. Por eso como grupo decidimos no dar noticias y oponernos a volver.

—¿Quién es Joseph? —le cuestioné contrariado por el comentario que acababa de hacer.

—Un miembro del grupo. Ya lo conocerás —me respondió cerrando el hilo de mi pregunta. Eso me inquietó.

—¿Preferís dejar pasar el tiempo conociendo los problemas que tenéis aquí? Nuestras vidas se consumirán sin dar opción a la expansión de la especie. Con esa determinación, por el miedo a que unos pocos se aprovechen de todo esto, a la vez estáis cerrando la posibilidad de que toda nuestra especie pueda sobrevivir aquí.

—Hemos optado por buscar nuestra propia solución sin contar con la Tierra. Intentar comprender cómo se reproduce el *biomo*. Cuando lo entendamos, lo replantaremos y terminaremos con el problema.

—¿Y qué me dices del problema de la procreación humana?

Ariel enmudeció, era consciente que para ese problema no tenían solución.

—Joseph dice que es preferible desaparecer como especie que seguir destruyendo mundos. ¿Alguna vez has pensado que puede que seamos un virus para el universo?

—¿Eso os ha dicho ese tal Joseph?

Ariel permaneció callada.

A pesar de que en aquellos momentos me encontraba feliz allí, junto a Ariel, y lo que menos deseaba era volver a la Tierra, para nada me convenció la explicación de Ariel. Además, había escuchado dos veces: *"Joseph dice…"* ¿Quién era Joseph? ¿Por qué Ariel hablaba de él? Al escuchar ese nombre surgió en mí otro interés más, conocerlo.

Aunque conocía muy bien su amor por la naturaleza, intuí que algo más le había hecho llegar a esas conclusiones.

Ariel siempre había amado la naturaleza, los animales y la vida misma por encima del hombre. Por ello permanecía totalmente enamorada del potencial que tenía Kepler. Yo también me estaba enamorando de mi entorno. También pensaba de manera similar a ella, pero con un punto de vista diferente. Me explico: yo confiaba y confío en la especie humana, en su capacidad de prosperar. Valoraba y valoro a nuestra especie por encima de todo. Aunque compartía la filosofía que tenía Ariel, cuidar nuestro entorno y todo eso, siempre he creído que la naturaleza se esfuerza por dar a los humanos lo mejor de ella, inventa cosas para nosotros, para nuestro bienestar, crea ecosistemas habitables... Se podría decir que existe para que nosotros existamos. Qué mejor manera que esforzarnos en sobrevivir y subsistir, para devolverle todo el esfuerzo que ha invertido, y hacer que este merezca la pena. Qué mejor modo que haciendo que no se sienta sola. Que siga teniendo un sentido su existencia, que tenga un motivo por el cual seguir mostrando su poder y seguir regalándonos su belleza. Siempre he pensado que mientras la naturaleza esté creando condiciones favorables para nosotros, significa que nos quiere junto a ella.

Seguimos conversando y debatiendo durante varios minutos. En el fondo sabía que Ariel comprendía mi opinión.

—Volvamos Álex. Se ha hecho más tarde de lo que creía —Ariel se fijó en la posición del sol de Kepler—aún tenemos que reencontrarnos con el grupo antes de que...

—¿Antes de qué?

—Debemos estar resguardados en la cabaña justo cuando caiga el sol.

—¿Resguardados? ¿Por qué? ¿Quieres hablarme claro de una vez? —le exigí sin alzar la voz.

—Durante nuestra conversación no he tenido tiempo de contarte que...

—¿No irás a decirme que existe una gran bestia devora hombres que se aparece por la noche? —le interrumpí bromeando y riendo, tratando de romper el hielo tras nuestro pequeño desacuerdo— ¡El hombre lobo en Kepler! Ja, ja, ja.

—No exactamente —me contestó sin reír demasiado.

—¿Cómo que no exactamente? ¿Aparte de la vegetación, existe alguna clase de vida aquí?

—Sí, pequeñas especies voladoras, y una especie marina —me desveló.

—¡Lo sabía! ¡Siempre creí que la vida no se restringía a la Tierra! —dije satisfecho— me parecía algo muy probable.

—Curiosamente durante el día todas desaparecen. Pero a partir de la caída del sol, como por obra de magia, las especies voladoras abarrotan las áreas ricas en *biomo*. Sobre todo las zonas selváticas. Es hermoso ver la gran diversidad de especies luminiscentes que vuelan entre las cabañas. Sus coloridos son preciosos y sus cantos nocturnos armonía pura para nuestros oídos.

»Pero los *nírios*, así llamamos a estos animalitos, no son los responsables de que tengamos que volver —siguió contándome mientras emprendimos el camino de vuelta—. Al otro lado del bosque existe un mar de agua dulce en el cual vive una extraña y exótica especie marina que durante cada puesta de sol emerge del agua y se adentra en el bosque para alimentarse. Por suerte son vegetarianos.

»Los *úrsagos* tienen el tamaño y apariencia de una iguana, tienen seis largas patas y están recubiertos de escamas color azul cobalto. Son veloces, sobre todo cuando se están alimentando. Sus fauces se abren y cierran a la velocidad de una trituradora. Esto unido a lo afilado que poseen sus dientes les hace parecer ansiosas máquinas cortacésped. Por suerte estas criaturas se alimentan durante una hora aproximadamente y vuelven de nuevo a su hábitat, al agua. Cuando llegan a las zonas donde hay *biomo,* trituran de manera peculiar toda la hierba que encuentran en el terreno. Curiosamente, lo hacen respetando la vida de cada hoja de hierba que sesgan, dejando parte de su tallo, para que vuelva a crecer. Si no actuaran así, dada la ingesta que necesitan, acabarían rápidamente con su fuente de alimento. Esa forma de *biomo* crece cada día unos treinta centímetros. De este modo, los *úrsagos* tienen sustento cada día.

»El peligro es que aunque estos animalitos devora plantas no son carnívoros, nuestra llegada debió confundirlos. Al encontrarnos con ellos, fuimos atacados. Debieron ver en nosotros una buena fuente de alimentación. Por suerte solo nos ocasionaron pequeñas heridas y cortes. Tras los hechos decidimos apartarnos e interferir lo mínimo posible en ellos. No queríamos confundir la naturaleza alimentaria de los *úrsagos* y mucho menos seguir sufriendo ataques. La solución más viable dentro de nuestras posibilidades, ya que no podíamos salir a vivir fuera de las zonas de *biomo*, y nos veíamos obligados a permanecer justo donde ellos aparecían para alimentarse, fue ubicar las cabañas en las alturas.

Después de unos minutos de charla mientras seguíamos caminando por el páramo, llegamos al linde del bosque. Cuando nos adentramos en la selva quedé maravillado ante la nueva apariencia de mi entorno. Debido a la baja posición que el sol había adquirido, una menor iluminación penetraba entre las altas ramas de los árboles y algunas flores habían adoptado cierta luminiscencia. Otras emitían pulsos eléctricos. Conforme nos introducíamos entre la densa maleza, disminuía la luminosidad del día. Nuestro entorno se volvía más oscuro. La mayoría de las plantas ya mostraban su elegante actividad lumínica. La vida nocturna de la selva se estaba activando.

Unos doscientos metros nos separaban del poblado. Conforme nos aproximamos al lugar, distinguí más cabañas en las alturas. Aquella imagen indicaba que quedaba poco para encontrarnos con los compañeros de Ariel. Pronto recibiría noticias sobre Manuel.

EL ANFITEATRO

Cuando llegamos, el grupo permanecía reunido en una pequeña explanada libre de maleza. Un tímido hueco entre los árboles servía de espacio de trabajo al grupo. Parecían estar preparados para irse del lugar de un momento a otro, porque mantenían todos sus objetos y enseres guardados en bolsas y mochilas.

—Te presento a los indígenas del futuro —bromeó Ariel haciéndose a la idea del impacto visual que me causaba la forma de vestir de sus compañeros.

Aquella gente vestía de un modo similar al de Ariel. Al igual que ella, intercalaban piezas de los antiguos y deteriorados trajes que habían heredado de su anterior viaje espacial, con hojas y hebras de *biomo* cosidas y unidas minuciosamente. Cada uno a su manera, en mayor o menor medida, parecía pertenecer a alguna tribu extraña sacada de la ciencia ficción. El futuro y los atuendos más precarios del hombre permanecían unidos por el destino.

—¡Mirad! Es Ariel —escuchamos. Un miembro del grupo nos vio en la distancia y llamó la atención del resto.

Todos se aproximaron rápidamente a nosotros. A pesar de que la mayoría eran unos veinte años mayores que yo Kepler los mantenía físicamente jóvenes.

Antes de que me diera tiempo a adaptarme a la situación, Ariel dijo:

—Os presento a Álex.

Un gran murmullo se escuchó como respuesta a la vez. Y sin previo aviso, empecé a recibir preguntas.

—Álex, ¿cómo te encuentras? —preguntó uno de ellos.

—Bien, gracias.

—¿Cómo están las cosas en la Tierra? —preguntó otro.

—Bueno…

—¿Cómo has llegado hasta aquí?

Antes de que me diera tiempo a contestar cada pregunta, más voces, sin respetar un orden, se interpusieron.

—¿Cuánta gente queda en la Tierra? —preguntó una mujer.

—¿Cómo sobreviviste? ¿Por qué tienes un brazo de metal?

Y como estas, escuché muchas más preguntas. Todas a la vez. En apenas un instante se dispararon las cuestiones hacia mí, llegándome a ocasionar un pequeño colapso mental del que Ariel se percató.

El reencuentro estaba siendo intenso, pero frío. Más que entusiasmo por mi llegada, el grupo se mostraba ansioso por preguntarme.

—¡Por favor, calmaos! —intervino Ariel colocándose justo delante de mí, ofreciéndome un pequeño respiro—. Si queréis realizarle preguntas, deberíamos organizar una reunión para hacerlo ordenadamente. Álex acaba de llegar y está cansado.

—Gracias Ariel —le dije en voz baja a sus espaldas.

Que el grupo tuviera tantas dudas significaba que Manuel, por algún motivo no se las había podido despejar. La serie de hipótesis que rondaba por mi cabeza no me animaba: Manuel podía haberse perdido entre el escombro del accidente. Podría haber muerto. Podría estar gravemente herido, o en estado de inconsciencia. ¿Cabía la posibilidad de que ninguna de estas teorías fuera la acertada, y que por alguna razón desconocida Manuel se negara a responder las cuestiones del grupo?

—Ariel, pregúntales por Manuel… —le pedí en voz baja para tratar de despejar mis dudas.

—¡Calmaos! —repitió Ariel al presenciar que alguno de ellos seguía realizando preguntas— A Álex le gustaría saber qué ha sido de Manuel Sánchez.

De repente un hombre alto y vestido con una túnica se abrió paso entre el grupo, se adelantó y tomó la palabra:

—Bienvenido, Álex. Manuel se encuentra en una de las cabañas, lo acompaña el médico del grupo. El accidente que tuvisteis fue muy aparatoso. Su cuerpo ha sufrido bastante dada su edad, pero evoluciona favorablemente.

—¿Por qué no le habéis preguntado a él todo lo que me acabáis de preguntar a mí? ¿Cómo se encuentra? ¿Qué le sucede? —le pregunté a ese extraño hombre con pelo largo y desbaratado, que vestía una extraña túnica confeccionada con *biomo*.

—Sus piernas se fracturaron. Una de las fracturas originó una hemorragia que le ha causado un importante estado febril. Por el momento es incapaz de hablar. Además, sufre pequeños delirios —me explicó con voz pausada y tranquila—. Por suerte el *biomo* que se le ha suministrado está siendo efectivo, ha menguando su infección con rapidez. No te preocupes por él, se recuperará.

De pronto y cortando nuestra conversación, un miembro del grupo apuntó con una especie de largo cuerno de madera hacia el cielo. Al acercárselo a la boca y soplar por él, un grave y envolvente silbido se adueñó del bosque. El sonido anunciaba que era el momento de marcharse a las cabañas. El sol se escondía.

—Ariel, me parece buena idea que se celebre el encuentro que dices. Nos vemos en el anfiteatro cuando los *úrsagos* terminen de alimentarse—proclamó Joseph, que así se llamaba el hombre con túnica, alzando el tono de voz para que le escuchara el grupo.—. Nos vemos dentro de un rato.

Tan pronto como dijo esto, todos se dispersaron del lugar hacia sus refugios, excepto dos mujeres que vinieron al encuentro de Ariel.

—Álex, te presento a Sandra y Ada, mis compañeras de piso —bromeó Ariel—. Vivo con ellas, son mi familia.

—Encantado, chicas. Gracias por cuidar de Ariel todo este tiempo.

No tardamos en llegar a la senda de la gruesa rama que ascendía hasta su hogar.

Cuando entramos en la cabaña, Ariel nos repartió unas cuantas hojas de *quilis* para que comiéramos algo, y por primera vez ingerí alimentos extraterrestres.

Cuando terminó el otro festín, el que se dieron los *úrsagos* bajo la cabaña, salimos de allí y descendimos. La noche y las coloridas luminiscencias se habían adueñado del bosque. La imagen era mágica, preciosa. Cientos de *nírios* revoloteaban e inundaban el entorno. A paso ligero, nos abrimos camino entre la maleza, dirección al anfiteatro, el lugar donde Joseph nos había convocado.

Dada su proximidad no tardamos en llegar. *El anfiteatro* era un área de terreno escalonado en medio de los gigantescos árboles, cuya pendiente descendía hacia un punto protagonista, asemejándose a un antiguo teatro romano. Se trataba de una exótica formación natural, rodeada de maleza, que habían aprovechado para reunirse asiduamente.

Al llegar, Ada, Sandra, Ariel y yo descendimos entre la gente hacia el último escalón del *anfiteatro*, donde se encontraba Joseph. Mientras tanto, los últimos rezagados se colocaron ordenadamente en sus respectivas ubicaciones.

—Aunque ya os habéis conocido antes, te presento a Joseph, nuestro *rector* —me explicó Ariel.

—Hola —le respondí amablemente, disimulando la confusión que me había ocasionado escuchar la palabra *rector.*

—Bienvenido amigo —pronunció con voz suave— ¿Preparado?

—¿Preparado para qué?

—Para responder a nuestras preguntas —me contestó mientras realizaba un ademán que abarcaba con amplitud a toda la gente que permanecía ubicada en los escalones, mirándonos.

—Esto será cómo una especie de rueda de prensa —me aclaró con la característica suavidad con la que hablaba.

Tras ese comentario ordenó a Ariel y a sus compañeras que ocuparan el escalón superior más cercano a nosotros. *El rector* y yo nos convertimos en el epicentro de todas las miradas.

Enseguida Joseph comenzó a hablar:

—Una vez más nos reunimos aquí como una gran familia. Aunque esta vez es un encuentro especial. Tenemos ante nosotros a un hombre afortunado, que nos va a desvelar el estado de la Tierra, y parte de su propia historia. La mayoría tenéis preguntas que realizarle, y se las haréis ordenadamente. A cambio, también contestaremos a las preguntas que nuestro amigo nos haga —El pequeño discurso de Joseph enlazó con un multitudinario aplauso de su público. Un aplauso carente de sentido.

Los rostros de aquella gente reflejaban cierta devoción por Joseph. Casualmente, el único que llevaba túnica. Y al que llamaban: *el rector*. El grupo parecía ver a Joseph como una figura superior a ellos. Mostraban sumisión hacia él. ¿Por qué? El asunto me olía muy mal.

—Haremos esto por filas. De la primera fila, ¿quién tiene alguna pregunta? Levantad la mano —ordenó Joseph.

Dos personas pedían la palabra. Conté ocho filas.

—Mauro, tu pregunta.

—En la Tierra ¿alguien sabe que estamos aquí?

—Que yo sepa… no —le contesté— aunque Manuel es una caja de sorpresas, desconozco si ha podido compartir todo esto con alguien más.

—Izan, tu turno —ordenó Joseph.

—¿Cómo es la situación en la Tierra?

Para contestar esa pregunta me extendí algo más, la cuestión lo requería. Al igual que hice con Ariel, les expliqué los daños que se ocasionaron tras el terremoto, los problemas con la radiación y los medios que utilizaron para salvaguardarse de ella.

Mi respuesta provocó murmullos entre los asistentes.

—Silencio —ordenó Joseph. Y rápidamente todos callaron.

La orden, como las anteriores, me resultó un tanto dictatorial. Miré a Ariel con cara de desconcierto y ella entendió el motivo de mi mirada. El rector tenía mucho más poder del que creía.

¿Qué estaba ocurriendo allí? ¿Por qué Ariel no me había contado nada sobre el poder de ese hombre?

—Preguntas en la segunda fila —ordenó.

Cinco miembros alzaron la mano.

—Tania.

—¿Por qué los años parecen no haber pasado para ti?

—Cuando se originó el terremoto, yo me encontraba en…

—¿Qué habéis venido a hacer aquí? —me interrumpió el *rector* mirando hacia arriba, concretamente al último escalón. Su suave tono de voz le abandonó.

La conversación se detuvo drásticamente. Todos se volvieron hacia atrás, mirando hacía el más alto de los escalones. Los tres hombres que Ariel me había contado que vivían separados del grupo acababan de irrumpir en nuestra reunión.

—Venimos a hablar con Álex —comentó uno de ellos— Seguro que todavía desconoce las limitaciones que nos impone este planeta.

Por suerte no era así. Ya las conocía.

—¡Nadie os ha llamado! —se interpuso Joseph— ¡Marchaos!

—Álex, tienes que venir con nosotros —me instó uno de ellos haciendo caso omiso de la orden de Joseph.

—Me gustaría conocer su versión —le hice saber a Joseph.

Tras mi comentario, los tres hombres se animaron y descendieron hasta el escalón donde nos hallábamos, abriéndose paso entre los reunidos.

—Él mismo se hace llamar *rector*. Tiene reprimida a toda esta gente —dijo uno de ellos señalando a Joseph— Álex, te venimos observando desde que te estrellaste. Estamos aquí para dialogar contigo y contarte lo que realmente ocurre. No te mereces ser dominado por este…

—¡Basta! ¡Se suspende el encuentro! —gritó el *rector* perdiendo los nervios— ¡No permitiremos las calumnias de estos opositores!

La manera de hablar de Joseph, se parecía más a la de una persona que dirige un movimiento sectario que a un simple organizador grupal. De eso no cabía duda.

—Desalojad el anfiteatro —volvió a ordenar— Álex, acompáñame. No escuches a estos insensatos, quieren hacer con este mundo lo mismo que hemos hecho con la Tierra, destruirla.

Joseph se encontró con mi mirada desafiante. Por ello no insistió más.

—Álex, por favor, marchémonos—me pidió Ariel al ver mi expresión.

La gente obedeció a Joseph, desalojando rápidamente el lugar. Yo no lo hice.

—Ariel ¿vamos? —le dijeron sus compañeras, ansiosas por cumplir rápidamente las órdenes del *rector*.

—Id vosotras, me quedaré con Álex. Sólo será un momento.

Edgar, Akier y Alexo, que así se llamaban los dos antiguos ingenieros y el piloto que habían interrumpido la reunión, se acercaron a nosotros.

—Álex, debes saber que…

—¡Álex, por favor! ¡Vámonos! —desesperada, Ariel interrumpió las palabras de Edgar— Joseph nos recomienda que no les escuchemos.

Aunque mis sospechas estaban a favor de Edgar, Akier y Alexo, el mero hecho de pensar que quizás me querían en su bando por pura conveniencia también me hacía desconfiar de ellos. Así que por el momento decidí acabar con el mal rato que estaba pasando Ariel.

—Cariño, por favor… —volvió a suplicarme— Vayámonos a descansar a la cabaña. Allí hablaremos largo y tendido.

—Ariel, ¿qué te ha pasado? Desde que nos encontramos con el grupo pareces no ser la misma. ¿Qué sucede realmente aquí? Joseph os tiene sometidos.

—Te prometo que solucionaremos esto en casa —me respondió.

Ariel y yo nos fuimos hacia la cabaña sin mediar ni una palabra más con aquellos tres hombres. Necesitaba pensar y que Ariel se tranquilizara para dialogar con ella tranquilamente sobre el tema.

A partir de esa noche Ada y Sandra nos ofrecieron más intimidad mudándose a otra casa colgante.

UN SECUESTRO EN TODA REGLA

Un extraño ruido me despertó de mi plácido sueño. Un segundo sonido me hizo permanecer alerta. La cabaña estaba sumida en la penumbra. Desde ese momento permanecí intranquilo. Aquellos ruidos distaban demasiado de los característicos crujidos que en ocasiones efectuaba la madera de la cabaña. Me levanté con cuidado de no despertar a Ariel, que dormía sobre otra hamaca muy cerca de mí. En la oscuridad exploré la estancia sin resultado alguno. De repente, a unos cinco metros a mi derecha, observé una sombra con forma humana que parecía abandonar la cabaña. Con cautela, me dirigí hacia el lugar donde la había visto marchar. No encontré nada. Quien fuera se había marchado. En ese preciso instante escuché unos pasos que provenían del lugar donde Ariel dormía. ¿La había despertado mi pequeño paseo por la cabaña?

—Ariel, ¿te he despertado?

Ariel no contestó. La oscuridad del lugar me inquietó.

—¿Ariel? —repetí.

El silencio reinó en la cabaña durante unos segundos. Eso delataba que algo ocurría. Al volver rápidamente a las hamacas, mis peores presagios se materializaron. Ariel ya no estaba, y su hamaca permanecía enrollada y liada extrañamente mientras se balanceaba como si alguien la hubiera levantado bruscamente de ella. ¿Quién se había colado sin permiso en la cabaña? ¿Con qué propósito?

—¡Ariel! —dije esperando una respuesta.

La oscuridad que me envolvía se quedó pequeña en comparación con el silencio sepulcral que se creó.

Segundos más tarde, escuché el grito ahogado de Ariel provenir del exterior. Concretamente de la rama que descendía hacia el terreno. Cuando salí de la cabaña, gracias a la exótica luminosidad que emitía la selva, observé a tres hombres que se llevaban forzosamente a Ariel. Uno de ellos la agarraba mientras le tapaba la boca y los otros dos tiraban fuertemente de ella obligándola a caminar sobre la rama. Sin pensarlo ni una milésima de segundo salí corriendo tras ellos. Al verme, comenzaron a descender lo más rápido que podían.

Los cien metros que me sacaban de ventaja pronto se convirtieron en treinta. Tenía clara ventaja sobre ellos, ya que yo no luchaba contra los violentos movimientos de una chica tratando de liberarse. Ariel, con su característica personalidad luchadora les estaba complicando el secuestro.

Sí, se trataba de un secuestro en toda regla.

La gran actividad de los *nírios* revoloteando a mi alrededor, unida a la escasa iluminación de la noche y a la velocidad con la que corría, provocó que perdiera el equilibrio y tropezara. Justo cuando estaba a punto de alcanzarlos caí de bruces sobre el camino remarcado sobre la rama. Lo hice a tal velocidad que me salí fuera de la senda e, impulsado por la inercia, seguí deslizándome sobre el musgo de los laterales, lo que me llevó hasta uno de los bordes. Por suerte estuve hábil y pude agarrarme a un helecho que se adhería a la rama, justo antes de precipitarme desde aquella gran altura. Mi cuerpo entero quedó colgando. Los *nírios* ralentizaron su vuelo, parecían esperar el fatal desenlace.

Sentía un gran dolor en el rostro causado por el impacto. Mientras tanto luché por no caer. Habría sido mi final. De repente, la luminiscencia que desprendía el helecho al que me aferraba se apagó. La planta comenzaba a quebrarse. Justo en ese preciso instante, intenté sujetarme mejor utilizando la punta de mis dedos metálicos, los cuales podía incrustar entre las pequeñas arrugas que tenía la corteza de la rama. Cuando a duras penas lo conseguí, vi sobre mí, cómo la figura de uno de los secuestradores me ofrecía la mano para ayudarme a subir. Mientras tanto, detrás de él sus compañeros seguían manteniendo a Ariel inmovilizada. Al cerciorarse de que esa situación al borde de la desgracia me hacía estar indefenso, los tres hombres retrocedieron para hacerse también conmigo. No tuve más remedio que aceptar esa mano que me ayudaba, pues estaba a punto de resbalar.

A pesar de que sus rostros permanecían ocultos por una especie de pasamontañas realizados artesanalmente, en aquel momento me di cuenta que aquellos tres individuos eran Edgar, Akier y Alexo. ¿Qué querían de nosotros? ¿Por qué secuestraban a Ariel? No entendía nada.

Nos obligaron a caminar con ellos en silencio hacia algún lugar. Aunque aquel proceder iba en contra de nuestra voluntad, en el fondo sus gestos y miradas me transmitían tranquilidad. A pesar de los modales empleados, parecían velar por nuestra integridad. Por ello quizás retrocedieron para evitar mi caída.

Seguimos caminando sobre la grandiosa rama que conducía hasta el suelo. Después, durante un largo tiempo continuamos entre la enmarañada maleza. En algunos puntos donde existía un menor número de plantas luminiscentes, la penumbra de la noche dificultaba nuestra travesía. A pesar de nuestras constantes preguntas durante la caminata, ninguno de ellos nos dio respuestas.

Justo cuando salimos de la selva se desprendieron de sus pasamontañas. Ariel tampoco se sorprendió al verlos.

—¿Lo ves? Te dije que no debías fiarte de ellos —me recordó.

Justo en ese instante se explicaron por primera vez.

—Álex, queremos hablar tranquilamente contigo —me comunicó Akier— Permitidnos que os llevemos a nuestro asentamiento.

Estaba muy claro. Todo aquello, el rapto, lo habían llevado a cabo por el interés que sentían por mí, con el fin de llamar mi atención y atraerme hacia ellos. ¿Qué querían contarme?

—No me parece buena idea —Ariel me miró y negó con la cabeza— ¡Soltadnos! —gritó.

—No perdemos nada por escucharles —le dije— Si no nos cuadran sus palabras nos marchamos.

—Nos parece bien —intervino Alexo— Si tras escucharnos decidís iros no nos opondremos.

La situación me confundía. Aun así, parecía que no corríamos ningún peligro, así que decidí dejarme llevar.

Sus actitudes fueron mucho más tranquilas el resto del camino. Desde ese instante nos trataron mucho mejor. Con su nuevo comportamiento parecían incluso haber olvidado su reciente actuación con el rapto de Ariel. Hacía tiempo que la habían soltado, lo que le permitía caminar agarrada a mí. A pesar de que la había convencido para ir a ese asentamiento del que nos hablaban, parecía no perdonar sus actos. Mostraba no querer saber nada de ellos y realizar todo aquello únicamente porque yo se lo pedía. En cambio, yo sentía curiosidad. Desde que aquellos tres hombres irrumpieron de aquel modo en el *anfiteatro* deseaba escuchar su versión. Necesitaba saber más sobre la vida en Kepler.

Gracias a la azulada luz que emitía uno de los satélites naturales de Kepler, que comenzaba a dejarse ver en el estrellado cielo, pudimos seguir vislumbrando nuestro entorno cuando abandonamos el bosque y su luminiscencia interior. Llegamos a la llanura donde tenían el refugio. En el centro de la misma, sobre una extensa plataforma de madera, observamos la vasta y poderosa nave que hacía bastantes años habían robado a sus semejantes. Mientras caminábamos hacia el aparato no pude dejar de mirarlo. Pero pronto me di cuenta de que no nos dirigíamos a la nave, si no al linde opuesto del claro. Desde allí ya se dejaba ver una pequeña edificación justo donde se alzaban de nuevo los colosales árboles. La aeronave quedó a nuestra derecha y luego atrás.

Los árboles que circundaban el prado, todo nuestro entorno, eran similares a los que cobijaban el poblado de Ariel. Al acercarnos pudimos observar cómo una enorme bandada de *nírios* abandonaba la selva que teníamos al frente, dirección a esos misteriosos lugares donde se resguardaban y que nadie había descubierto. Una señal de que la noche llegaba a su fin.

Al aproximarnos nos encontramos con una construcción parecida a un cobertizo que habían convertido en su hogar. Una parte del refugio asomaba al claro, y la otra se sumergía en la maleza. La construcción estaba situada justo en la línea imaginaria que separaba drásticamente el claro de la selva.

Al contrario que los compañeros de Ariel, Akier, Edgar y Alexo, se habían protegido de los *úrsagos* ubicando su única cabaña sobre una alta estructura levantada por ellos mismos. Aun así, la altitud en la que estaba el cobertizo era bastante menor a la altura que mantenían las cabañas del poblado de Ariel.

Pasamos por debajo de la estructura de la cabaña para evitar la densa maleza del alrededor. Acto seguido, Alexo, quien había permanecido durante todo el tiempo a la cabeza del grupo, tiró de una cuerda que colgaba de la estructura, y una escalerilla se desplegó hasta tocar el suelo. La ascensión resultó bastante cómoda y sencilla.

Una vez arriba noté como algunas de las tablas del suelo del cobertizo cedían, o se levantaban al pisarlas. Aquella edificación no tenía la misma consistencia ni el excelente acabado que poseía la cabaña de Ariel. Esos tres hombres habían dedicado la mayor parte de su tiempo a lo que de verdad les importaba, intentar preparar la nave para regresar, en vez de rematar detalladamente su hogar.

Aunque la falta de luz hizo que no reparáramos en detalles del lugar, permanecimos muy atentos a Alexo, que nos paseó por la pequeña estancia. Ariel se aferraba a mi brazo metálico, caminando totalmente pegada a mí.

La edificación era muy básica. Lo único que la conformaba eran cuatro gruesos pilares verticales y un solo tabique al otro extremo que ayudaba a sujetar un techo cubierto de maleza bien colocada. La mitad de la estancia, se introducía en la selva, otorgando al lugar una pequeña dosis de resguardo.

Después de que Alexo nos enseñara el lugar comenzaron de nuevo mis preguntas. Ariel seguía reacia a ellos. Su semblante reflejaba querer irse cuanto antes de allí. Sin embargo, conocedora de la incertidumbre que eclipsaba mis pensamientos, mi deseo de escucharles y algo temerosa por si esos tres individuos volvían a ejercer la fuerza sobre nosotros, permitió que se alargara la situación.

Mientras tanto comenzó un nuevo día en Kepler.

EL RECTOR

—¿Qué queréis de nosotros? —les pregunté.

—Ha pasado demasiado tiempo desde que decidimos regresar. Llevamos muchísimos años realizando cambios en nuestra nave, intentado hallar la forma de hacerla despegar fuera de esta atmósfera. Nuestra desesperación ha aumentado desde entonces. Tanto, que en alguna ocasión hemos corrido con ciertos riesgos innecesarios, y casi perdemos la nave —nos explicó Alexo.

—¡Responde a mi pregunta! —le interrumpí— ¿Para qué nos necesitáis?

—En realidad solo te necesitamos a ti —hizo una pequeña pausa—. Álex, Ariel, sentimos mucho nuestra actuación. Era la única manera de asegurarnos que vinieras. Créenos, nunca le hubiéramos hecho daño —me respondió Alexo refiriéndose a Ariel.

Sus miradas indicaban sinceridad.

—En cierto momento, cuando hayamos regresado a la Tierra, necesitaremos que utilices tu *thoughtchip*. Sabemos que tienes uno. Como te he dicho, llevamos observándote desde que llegaste. Te sorprendería conocer lo cerca que estábamos cuando te despertaste en la cabaña de Ariel. Escuchamos vuestra primera conversación. Las revelaciones que os hicisteis.

El enfado de Ariel aumentó. Mi semblante era un mar de dudas.

—Necesitamos ayuda de la Tierra para solucionar los problemas que existen aquí. Si logramos solventarlos, Kepler se convertirá en la opción que necesitan los humanos para sobrevivir. ¿Por qué disfrutar de Kepler únicamente un grupo de personas elegidas por el azar y Manuel? ¿Por qué no ofrecer a la humanidad la oportunidad de comenzar una nueva vida, lejos de la agotada y desgastada Tierra?

Ariel hizo un leve gesto para contradecir esa opinión. Pero Alexo le interrumpió.

—Por ahora en Kepler la humanidad está condenada, igual que en la Tierra. La barrera que nos impone el *biomo* nos limita demasiado para intentar solucionar por nosotros mismos el otro problema que nos sucede: el de la procreación. Si creías que nosotros desconocíamos esta segunda traba, te equivocas —prosiguió mirando especialmente a Ariel—. Nosotros también sabemos que las parejas que se han formado en Kepler son incapaces de tener descendencia. La razón la desconocemos todos. Así que… estamos doblemente restringidos.

—Si damos noticias en la Tierra de las condiciones de Kepler, todos querrán venir. Y pronto contaminaremos, explotaremos y condenaremos este nuevo planeta —le contesté sabiendo lo que pensaba Ariel con el fin de que, si Alexo se explicaba bien, Ariel cambiara de opinión.

—Quizás sea cierto. Corremos ese riesgo. Pero seguro que ponen todo su empeño en intentar solucionar nuestros problemas. Si no pedimos ayuda, nos extinguiremos en este distante planeta en cuestión de décadas sin haber dado noticias a la Tierra de las posibilidades que existen aquí. Al mismo tiempo viviremos el resto de nuestros días restringidos, encerrados en las zonas de *biomo*.

»Somos conscientes de lo que podríamos provocar en la Tierra. Sabemos que algunas personas poderosas buscarán el modo de beneficiarse económicamente. Pero por otro lado pensamos que el hecho de lograr la continuidad de la especie humana importa mucho más. Los recursos energéticos de la Tierra se agotan. Los humanos se extinguirán si no se encuentra una solución. Aprovechemos el derroche económico y tecnológico que se está realizando en la Tierra para encontrar un planeta sustituto. Digámosles: ¡estamos aquí!

Me sorprendió que conocieran también el estado de las cúpulas terrestres, el principal problema de la Tierra.

Alexo continuó:

—Puede que la humanidad haya aprendido la lección. Puede que aprovechemos esta segunda oportunidad para prosperar en la dirección correcta. Tenemos esperanzas. Creemos que Kepler nos invitará a cuidar el entorno, que contagiará con su magia a todos los que vengan, al igual que ha hecho con nosotros. Y hará que demos un salto evolutivo replanteándonos nuestros intereses.

»Y si no es así, habremos obrado correctamente respecto a nosotros mismos. Es un error pensar únicamente en proteger este exótico mundo. ¿Acaso hemos perdido el instinto de supervivencia que tanto nos caracteriza? No lo creo —se contestó él mismo—. Solo tratamos de sobrevivir. Es nuestra única opción. Y quizás estemos cumpliendo con el único sentido que tiene la vida, intentar sobreponernos a los problemas que nos sobrevienen como especie.

El rostro de Ariel ya no transmitía esa tirantez y negatividad. Las palabras que acababa de escuchar eran las responsables.

—Al principio intentamos hacer razonar al grupo. Pero cuando Joseph, el que se hace llamar *el rector*, convenció a todos para que apoyaran todo lo contrario, decidimos separarnos, llevándonos con nosotros la nave, el único medio para intentar regresar —nos explicó Alexo.

—Si Joseph no hubiera usado su peculiar poder de convicción, todos apuntaríamos hacia el mismo objetivo: regresar para tratar de preservar la especie humana. Estamos seguros de ello —matizó Akier.

—Por culpa de Joseph, en este momento nos ven como contrincantes y como ladrones —añadió Edgar.

—Están cegados bajo su mandato —terminó de aclarar Alexo.

Miré a Ariel, parecía estar confusa y un tanto humillada. Para ella, la conversación se estaba convirtiendo en una terapia de choque brutal.

—¿Cómo surgió? ¿Cómo alguien, de repente, decide hacerse con el control de un grupo de gente? ¿Cómo comenzó todo esto? —les pregunté con tiento, mientras seguía mirando a Ariel, preocupado por cómo debía sentirse.

Según Alexo, los primeros días el grupo permaneció unido sin ninguna reticencia. El bienestar y el compañerismo era fruto de la especial vivencia que habían compartido al llegar conjuntamente a Kepler. Pero al tiempo, tras descubrir los dos problemas que existían, no tardaron en surgir ciertas diferencias. Se podría decir que Joseph se encargó de ello.

Su fuerte personalidad parecía transmitir seguridad y protección desde el principio. Por ello los habitantes de Kepler pronto se apoyaron en él, cayendo poco a poco y sin darse cuenta bajo sus poderes de seducción mental.

Joseph llevaba días convocando extrañas reuniones a las que acudían todos, en las que se explayaba con extensos discursos. Al principio no parecían encerrar ningún mal, pero pronto nos dimos cuenta de que utilizaba el encanto de Kepler a su favor. Pronto sus discursos sobrepasaron la normalidad manteniendo siempre la misma estructura. Comenzaban con grandes alabanzas al hábitat que los rodeaba, después hablaba de lo privilegiados que eran, llamaba al grupo: *"los elegidos"*, y terminaba encumbrándose a él mismo sobre su público, haciéndose llamar: *"el rector"*.

Cuando Edgar, Akier y Alexo expusieron la idea de volver y los motivos, Joseph se opuso, poniendo a toda la gente en contra de ellos. Justo en ese momento creció su poder. El grupo casi le adoraba.

Todos comenzaron a seguirle sin notar que la postura que Joseph estaba adoptando no era normal. Nadie se percató del papel dictatorial que había adquirido. Ni siquiera cuando pidió que le realizaran una vestimenta exclusiva para él. Una túnica que lo distinguiera de los demás.

La capacidad de atracción de Joseph era muy grande.

A continuación Edgar añadió a la revelación de su compañero, ciertos rumores que se remontaban en el tiempo a años anteriores al gran terremoto.

Nos contó que por aquel entonces se conocía que un trabajador de Manuel, de la antigua *Flights,* pertenecía a un peligroso movimiento sectario, no religioso, que acababa de crearse. Ese hombre era Joseph. Aunque sus superiores casi prescinden de él al descubrir que pertenecía a este extraño grupo, al final tuvo suerte y Joseph conservó su puesto de empleo en *Flights.*

Se decía que aquel grupo sectario reunía a personas inseguras, a quienes les gustaba ser dominadas, frente a unos pocos que buscaban todo lo opuesto: dominar. Joseph debió cultivar sus dotes y capacidad de mandato allí. Acostumbrado a esa forma de vida, ayudándose y llevándose la magia del planeta a su bolsillo, cultivó en Kepler ese rol que tanto le gratificaba, que tanto necesitaba.

Ariel estaba más calmada. Incluso comenzó a mirarlos amistosamente.

—Iremos al lugar donde os estrellasteis —nos comunicó Alexo tomando de nuevo las riendas del diálogo—. Por suerte la nave en la que vinisteis —me miró— sí estaba preparada para despegar al espacio desde aquí. Recogeremos las últimas piezas que necesitamos para terminar de instalar el nuevo sistema de propulsión en nuestra nave.

TECNOLOGÍA DEIN

Acudimos al lugar donde se encontraba la nave accidentada. La escena mostraba la brutalidad del accidente.

Las dos mitades de la aeronave parecían haber sido saqueadas. Durante los días que ambas partes llevaban allí, sobre el yermo, Akier, Edgar y Alexo se habían estado llevando todo lo que todavía podía servirles para añadir a su vieja nave. Con nuestra ayuda recogieron lo último de una larga lista de piezas que ya habían acoplado e instalado en ella.

La parte trasera del aparato, la que se precipitó sobre el terreno a unos cien metros del fragmento en el que iba yo en el momento del accidente, no parecía la misma. Ya no quedaba nada servible en ella. Se lo habían llevado todo, excepto unos cuantos cables que colgaban del techo, y una deformada estructura, que era lo único que le otorgaba cierta resistencia a aquella mitad. También faltaba la mayor parte del recubrimiento.

En el otro fragmento tampoco había gran cosa. La mesa de mandos había sido desmontada y quedaba poco de ella, incluso se habían llevado los asientos. Gracias a que el lugar también carecía de la mayor parte de los paneles que anteriormente lo habían cubierto, la verdosa luz del día nos mostraba perfectamente por donde pisábamos.

—Álex, coge esto —Alexo me ofreció una caja cuadrada de la que asomaban tres gruesas clavijas—. Es el transformador que necesitamos para poner en funcionamiento la nueva mesa de mandos que hemos desarrollado e instalado.

A Ariel le dieron unos sensores. Dos esferas del tamaño de pelotas de tenis.

Tras inspeccionar por última vez el lugar, Edgar y Alexo caminaron hacia un conjunto de paneles que permanecían apilados perfectamente en el exterior. Antes habían sido los tabiques del habitáculo principal, los encargados de contener la radiación espacial y de transformarla en energía aprovechable para el funcionamiento de la nave. Gracias a esa tecnología era posible realizar viajes tan distantes.

Edgar y Alexo cargaron con la pila de paneles con la intención de recubrir con ellos los radiactivos sistemas de propulsión que habían cogido del destrozado aparato y que ya formaban parte de la nave con la que pretendían volver a la Tierra. Unos propulsores capaces de salir al espacio sin la ayuda de ninguna lanzadera.

Akier cargaba con un grueso rollo de cableado.

Volvimos con todo el material al lugar donde se encontraba la nave que estaban reparando.

Realizar operaciones de tal calibre, tan complejas, en las aeronaves y aparatos de Manuel requería de poca herramienta, ya que la gran mayoría de piezas fabricadas en sus instalaciones estaban dotadas de tecnología *DEIN*. Dicha tecnología consistía en un sistema de unión con el que se podía ensamblar, soldar o fijar todo tipo de materiales, piezas o accesorios, conectando a su vez sus funciones de manera adecuada.

Gracias a este sistema, a veces, incluso una pieza determinada para un uso específico, podía ser conectada de manera diferente en otro lugar para que desempeñara una función distinta. El sistema *DEIN* le brindaba a cada pieza un sinfín de probabilidades y combinaciones. Con esta invención Manuel revolucionó la manera de trabajar en *Flights S.L.* Posteriormente en *New Flights S.L.* volvió a renovar este sistema haciéndolo todavía más eficiente. Sobre todo facilitó la manera de reparar sus aparatos cuando estaban fuera de sus instalaciones y carecían de herramientas.

Si no llega a ser por este sistema, ninguno de ellos se hubiera planteado tratar de reparar o editar la nave que poseían para regresar. Hubiera sido imposible llevar a cabo semejante trabajo sin herramientas en Kepler. Este hecho unido a que un piloto y dos ingenieros de la antigua *Flights* mantenían los conocimientos y cualidades necesarios para intentarlo, provocó que Edgar, Akier y Alexo soñaran con conseguir armar una nave capaz de alcanzar las estrellas.

Durante las siguientes horas, mientras Edgar, Akier y Alexo trabajaban incesantemente, Ariel parecía estar más calmada. Hablando con ella me cercioré de que había comprendido que la postura que había mantenido ella misma en contra de pedir ayuda a la Tierra no era suya, había sido implantada en su mente por Joseph.

Si lograban que aquella nave fuera capaz de regresar, y si Ariel decidía acompañarme, estaba decidido a colaborar cuanto fuera necesario con ellos, con el fin de que se pudieran solucionar los problemas en Kepler, y al mismo tiempo los problemas que acuciaban a una humanidad sin futuro sobre la Tierra.

Después de revestir el peligroso sistema de propulsión con los paneles, se dedicaron a ajustar y configurar los nuevos parámetros que se encargarían de compatibilizar la mesa de mandos con dicho sistema. Con esto la nave podría ponerse en funcionamiento. Esta operación les llevó un día entero.

Poco a poco nos fueron contagiando de esa ilusión por volver. Ariel no solo se adaptó a nuestros nuevos compañeros, sino que le preocupaba un hipotético encuentro con Joseph después de pensar por sí misma en la situación y ver más allá. ¿Qué le diría? ¿Cómo reaccionaría ante él? Sentía miedo. Sentía lástima por el resto de sus compañeros, sobre todo por Ada y Sandra.

A mí me preocupaban más otros asuntos: si al final conseguían poner la nave en funcionamiento… ¿El aparato sería capaz de realizar un viaje tan complejo? ¿Surgirían problemas durante el trayecto? En caso de llegar a la Tierra ¿cuál era nuestro siguiente paso? ¿Para qué necesitaban mi *thoughtchip*?

LA PRIMERA PRUEBA

—Si conseguís volver… ¿cuál es vuestro plan? ¿Acaso conocéis el estado de la Tierra? —les pregunté para tratar de averiguar más. El hecho de escucharles hablar sobre el estado actual de las cúpulas de la Tierra me había consternado.

—Claro que conocemos el estado actual de la Tierra. Estamos al corriente de todo. Y no ha sido a consecuencia de espiar vuestra primera conversación —me respondió Alexo.

—¿Con quién habéis hablado? —le respondí pensando en la remota posibilidad de que hubieran entrado en contacto con Manuel.

—Hace aproximadamente un año, mientras desmontábamos parte de la nave, descubrimos que esta poseía un sistema oculto de comunicación escrita preparado para conectar con *New Flights*. Seguramente Manuel tenía pensado contactar con su antigua empresa en algún momento, o se guardaba un as en la manga por si ocurría algún imprevisto. Imaginaos la sorpresa que se llevaron en *New Flights* cuando encontramos este sistema y establecimos contacto.

»Por suerte una sola persona recibió nuestro mensaje. Hasta ahora solo nos hemos comunicado con Kevin, un chico que trabaja de controlador del espacio aéreo de *New Flights*. Él nos ha mostrado su confianza, nos ha contado todo lo que ocurre en la Tierra, su funcionamiento, su estado… Y según él, ha guardado nuestro secreto.

—Pero… ¿por qué queréis regresar si ya tenéis contacto directo con la Tierra para poder pedir ayuda? —le pregunté.

—Cuando descubrimos que teníamos comunicación con la Tierra, la construcción de la nueva nave ya estaba bastante avanzada. Así que decidimos seguir con nuestra intención de volver. Además, pensamos igual que Ariel e igual que nuestros compañeros. Si llegamos a la Tierra podremos poner todo de nuestra parte para que, si deciden venir, puedan hacerlo de la manera más cuidadosa posible con el hábitat, dejando los intereses económicos a un lado.

»Al mismo tiempo, según Kevin, sería demasiado arriesgado tratar este tema desde nuestra larga distancia. Nosotros también lo creemos. Por eso vamos a intentar regresar, para negociar directamente con Ander Ayara, el actual dirigente de *New Flights*, la manera de proceder si le desvelamos toda la información de Kepler que conocemos. Solo compartiremos con él esta información si acepta una serie de pautas para proteger este hábitat. Como ves —matizó Alexo exclusivamente para Ariel— a nosotros también nos preocupa el estado de este planeta, y mucho.

»Según Kevin, no nos será complicado llegar a un acuerdo con Ayara, ya que se caracteriza por apoyar todos los proyectos que apuntan hacia una sostenibilidad ecológica y conservacionista de cualquier entorno natural. Un bien escaso en la Tierra. Por suerte es de las pocas personas de la Tierra con cierto poder que tiene esa mentalidad.

»Cuando le contamos a Kevin el episodio de vuestro accidente, vuestra llegada, nos alertó de que lo más probable es que alguno de vosotros poseyera incorporado un *thoughtchip*. Nos animó a descubrirlo. Y lo hicimos. Recuerda que escuchamos la conversación en la que hablaste de ello con Ariel.

»Así que te has convertido en la pieza que arma el plan que ha ideado Kevin para nosotros. Te necesitamos. Facilitarás nuestra llegada. Sólo una persona con *thoughtchip* puede solicitar la apertura de los *pentapuertos* de *New Flights*, lugar al que nos dirigiremos nada más penetrar por el paso de materia para ocultar nuestra nave.

—¿Estáis seguros de que el plan funcionará? ¿No creéis que nuestra nave llamará demasiado la atención cuando penetre en los cielos de *Nueva Villalva*?

—No os preocupéis por eso. Kevin ha ideado un plan bastante eficaz. Su labor como controlador aéreo le permitirá despejar los cielos y elegir el momento idóneo para dar paso a nuestra entrada. Si llegamos a la Tierra, funcionará. Una vez allí, Kevin realizará las gestiones pertinentes para reunirnos con Ander Ayara.

¿Qué pensaría Manuel sobre todo aquello? Me preguntaba para mí mismo.

—¿Habéis tenido contacto con Manuel? —les pregunté.

—No, debido a su estado. Pero al igual que hicimos con vosotros, permanecemos al tanto de su evolución —fue Akier quien tomó la palabra— En unos días iremos a su encuentro.

—Espero que no le asaltéis como hicisteis con nosotros —pensé en voz alta.

—Claro que no. Con Manuel nunca actuaríamos como…—antes de que Edgar acabara el comentario, Ariel y yo nos defendimos con una mirada fría y desafiante— Quería decir… que no hará falta —respondió intimidado—. Dentro de su empresa Manuel siempre nos ha tenido como hombres de su máxima confianza. En cuanto nos vea y nos escuche, confiará en nuestra palabra.

—¿Pretendéis llevar a Manuel con nosotros en el viaje de vuelta? —pregunté.

—Si tenemos esa suerte… si nuestro antiguo jefe acepta, no tendremos que depender del plan de Kevin—aclaró Alexo—. Manuel fue el fundador de la empresa.

Mi instinto me decía que Manuel no se movería de allí.

—¿Y si no acepta? —preguntó Ariel.

Edgar, Akier y Alexo se miraron mutuamente.

—No tendremos más remedio que seguir con el plan de Kevin.

Pasados unos días la nave estaba lista para su primera prueba.

—¡Álex, Ariel! ¡Venid a ver la nave! —gritó Edgar desde el centro del claro.

La relación que manteníamos con ellos se había estrechado. En ocasiones hasta bromeábamos juntos. Los malos modos con los que días antes se habían llevado a Ariel habían quedado olvidados.

De alguna manera habían conseguido motivarnos, incluso compartíamos con ellos ilusión y nervios por emprender cuanto antes el viaje. Ya no eran tres individuos en busca de un propósito. Contaban con nuestro apoyo.

Desde que estábamos con ellos, no sabíamos nada de los anteriores compañeros de Ariel. A ella le hubiera gustado que Ada y Sandra formaran parte de nuestro pequeño grupo, lejos del control que ejercía Joseph sobre ellas. En ocasiones las añoraba, les echaba de menos.

Descendimos rápidamente por la escalera desplegable. Nos apartamos de la maleza para caminar por el prado dirección a la nave. El sutil baile de la hierba de nuestro alrededor exaltaba todavía más el estado de entusiasmo que nos envolvía. Sabíamos que la nave estaba acabada. Como en un juego de enamorados, dejé que Ariel me adelantara durante la carrera mientras la cogía de la mano. Ella tiraba de mí con ilusión. Ni la belleza de la pradera, ni la llamativa nave que veía al frente, ni el verdoso matiz del cielo kepleriano que nos contemplaba, lograban eclipsar la fulgurante sonrisa de Ariel. Después de todo lo que nos había pasado nos merecíamos vivir bajo una atmósfera que nos llenaba de vitalidad, emociones y nuevos sentimientos que ningún humano de la Tierra había sentido antes.

Manteníamos las miradas fijas inclinadas levemente hacía arriba. La apariencia de la nave distaba mucho del aspecto que tenía antes de que empezaran a realizar cambios en ella. Sus medidas habían variado. El morro y la parte trasera sobresalían de la plataforma de madera en la que descansaba. Edgar, Akier y Alexo nos invitaron a subir.

En la mitad de la nave se apreciaba un extraño ensanche, que antes no existía, que se alargaba hacia la parte trasera, donde asomaban cuatro grandes toberas del nuevo sistema de propulsión.

Tras subir a la plataforma entramos en la aeronave. Nos encontramos un habitáculo pobre, vacío, únicamente con lo básico y esencial para realizar un viaje espacial. Un bloque central de asientos, y tres puestos más frente a una gran mesa de mandos instalada bajo el ventanal frontal de la nave, fueron el único mobiliario que vimos. Una vieja estructura sin revestir quedaba a la vista.

Alexo y Edgar estaban preparados para realizar la primera prueba. Akier, Ariel y yo regresamos a la hierba. Antes de encerrarse en el interior del aparato, Alexo nos comunicó que debíamos alejarnos veinte o treinta metros del aparato para evitar que nos quemaran los propulsores.

Cuando estuvimos a una distancia prudente, encendieron los motores. Aun así, percibimos el calor que expulsaban los propulsores, como si hubiéramos estado muy cerca. El suelo comenzó a vibrar y nuestro entorno se estremeció.

El aparato comenzó a levitar lentamente. Se alzó unos cinco metros respecto a la plataforma de palos en la que había descansado todo ese tiempo. Poco a poco comenzó a inclinarse, de manera que la parte delantera apuntó paulatinamente hacia el cielo. Al mismo tiempo avanzó despacio hacia delante, hasta colocarse fuera de la plataforma. Cuando su inclinación adquirió unos cuarenta y cinco grados y estaba lo suficiente alejado de la plataforma como para no calcinarla, se encendieron los propulsores. De repente, de las toberas surgieron cuatro largas lenguas de un fuego blanquecino. Enseguida aparté la mirada, pues me dolieron los ojos al mirarlas. El estruendo fue mucho mayor que el que emitían las naves de mi época.

La nave salió despedida a una velocidad vertiginosa. El pelo de Ariel, a pesar de la distancia, se movió hacia atrás. El suelo más cercano al despegue se volvió negro en segundos. La hierba desapareció. Instantes más tarde era difícil seguir observando la nave en las profundidades del verdoso cielo kepleriano. Pronto se convirtió en un insignificante punto de luz que se disipaba.

Era increíble que mis compañeros hubieran podido construir una nave tan veloz en ese entorno.

No tardaron en volver. No querían que la nave sufriera o se desgastara más de lo necesario. La primera prueba sólo consistió en una breve salida de la atmósfera.

A su regreso colocaron la nave con sumo cuidado sobre la plataforma en que anteriormente había estado. El aterrizaje no fue menos llamativo que el despegue. Lo definiría con dos palabras: controlado y elegante.

Después de un momento de celebración y exaltación por el logro alcanzado, mis compañeros decidieron seguir avanzando para demorar lo menos posible la fecha de partida. Había que ir al encuentro de Manuel. Aunque llevaban días sin esconderse entre las sombras de la selva para seguir su progreso, según sus cálculos su estado habría mejorado notablemente.

Sin perder más tiempo salimos dirección al poblado.

MANUEL SÁNCHEZ

Caminamos durante varios kilómetros entre la enmarañada selva, hasta llegar a una zona donde la maleza comenzó a ser menos densa. A partir de aquí, avanzamos más fácilmente.

De repente Edgar, que caminaba unos pasos por delante se frenó, al mismo tiempo se giró hacia nosotros demandándonos silencio. Se agachó ligeramente escondiéndose entre las plantas. Los demás hicimos lo mismo. Al frente había movimiento, se escuchaba algo.

De pronto vimos a Joseph. Caminaba hacia nuestra posición. Pero no caminaba sólo, su grupo lo acompañaba. Nos vio casi al mismo tiempo que nos percatamos de su presencia.

—¡Mirad quiénes están aquí, agachados y escondidos! —comentó sarcásticamente para sus acompañantes— ¿Qué estarán ocultándonos estos traidores?

Nos dejamos ver.

—¿A dónde os dirigís? ¿Qué hacéis vosotros aquí? —le contestó Edgar preocupado por si su destino era el prado donde estaba la nave.

—Voy a hablarte claramente, ingrato. A un miembro de mi grupo le pareció ver cómo una luz se alzaba en el cielo. Veníamos a asegurarnos de que el estruendo que hemos escuchado no fuera la nave que nos robasteis, con vosotros dentro. Pero ya veo que no. ¡Ja, ja, ja! Seguís aquí, como siempre —se burló Joseph— ¿Me podéis explicar qué ha provocado ese estruendo? ¿Acaso habéis hecho saltar por los aires la nave? ¡Ja, ja, ja! —Joseph disfrutaba mofándose de nosotros.

Justo en el momento en que Edgar parecía iniciar una contestación acorde, Alexo lo interrumpió.

—Yo también voy a hablarte claro. Eso que has escuchado y que ha visto uno de tus compañeros ha sido el despegue de una sonda que hemos construido y enviado dirección a la Tierra. En ella va toda la información de este planeta, que estamos aquí, los problemas que existen, y en ella también informamos de lo que le estás haciendo a toda esta gente, mediante esa secta que te has montado.

El semblante de Joseph cambió.

—No sé si te han contado —Alexo prosiguió con su mentira improvisada— la velocidad con la que ha salido de la atmósfera. Pues está configurada para triplicarla cada media hora, así que siento decirte, que los cálculos indican que llegará a la Tierra dentro de cinco días —Alexo se acababa de inventar ese dato sobre la marcha, sin ni siquiera efectuar el cálculo. Por suerte, Joseph comenzaba a estar tan asustado que no se detuvo a pensar—. La gente de la Tierra no tardará en venir. Y tendrás que dar muchas explicaciones. Me parece que tu juego tiene fecha de caducidad.

Joseph quedó totalmente bloqueado. Enmudeció. Al mismo tiempo se puso furioso. Volvió la mirada hacia su grupo. No dijo nada. Simplemente, con la cabeza gacha y semblante desencajado volvió por donde había venido. A pesar del síntoma de debilidad que acababa de mostrar, sus seguidores fueron con él. Tras dar un pequeño margen al grupo, nos dirigimos hacia las cabañas tras ellos. Después de aquello Ariel se sintió liberada.

Cuando llegaron al poblado, el miedo colapsó de tal manera los pensamientos de Joseph, que se apartó del grupo. Ordenó a su gente que no le siguiera, y se marchó a meditar al bosque. Necesitaba reflexionar y organizar la situación.

La suerte nos acababa de sonreír. Con Joseph fuera de escena nos iba a resultar más fácil llegar hasta Manuel.

El grupo se sorprendió cuando nos vio llegar. Todavía permanecían juntos. Acababan de ver marchar a Joseph. Pero gracias a Ada y Sandra, que rompieron el hielo viniendo a abrazar a su compañera Ariel, se relajó la tensión que Joseph había creado en el grupo hacia nosotros.

Ada y Sandra nos acompañaron hasta la cabaña donde Manuel se recuperaba del accidente.
Ascendimos por una gran rama que iniciaba el enrevesado camino hasta el lugar.

La densa maleza que envolvía la cabaña provocaba que la penumbra reinara en su interior. Sandra y Ada nos condujeron hasta una partición que poseía la cabaña. Una cama confeccionada con hebras de biomo ofrecía descanso a Manuel, que permanecía recostado sobre ella. A su lado, un hombre cuidaba de él.

Fui el primero en pasar después de ellas.

—¿Álex? —Al verme Manuel trató de incorporarse— ¿Eres tú?

A pesar de la oscuridad, me descubrió.

—Sí, Manuel. ¿Cómo te encuentras?

Gracias a la pequeña luminosidad que desprendía una exótica planta junto a Manuel, pude distinguir su alegría. Aunque ya le habían hablado de mí, se le notaba feliz por conocer de primera mano mi estado.

—¡No vienes sólo! ¡Ariel! ¡Alexo! ¡Edgar! ¡Akier! ¡Amigos míos, qué sorpresa veros! —exclamó al ver pasar a mis compañeros al interior— Nathan, necesito más luz aquí —pidió al hombre que permanecía junto a él—. Este momento es especial.

Sin perder ni un solo instante, el hombre salió de aquella partición para traer más luz. Enseguida regresó con dos nirios que se iluminaron ante la oscuridad de la habitación. Al soltarlos volaron libres por el interior del habitáculo, regalándonos luz, y todo su esplendor.

—Ariel, mi chica, ¿cómo estás?

—Muy bien Manuel —Ariel se aproximó hasta él y le abrazó— ¿Y tú cómo te encuentras? —Su reencuentro también fue muy emotivo.

—Estoy un poco más viejo de lo que me gustaría… Pero bien — le contestó quitándole hierro al asunto.

—Manuel, me alegro mucho de verte. Gracias por devolverme a Álex.

El elegante aleteo de los nirios le dio al momento la magia que se merecía. Uno de ellos, tras su vuelo, dejaba en el ambiente una pequeña estela de color azul, mientras que el batir de sus alas repartía por la estancia diminutos destellos del mismo color. El otro emitía una luz verde y blanca. La imagen era preciosa.

—Tenía que hacerlo. Además, mi proyecto fracasó y no tenía nada mejor que hacer —bromeó— De verdad, cuánto me alegro de veros a todos.

Durante los siguientes minutos, nosotros también le mostramos nuestra alegría y afecto.

El biomo había sido el único responsable de su rápida recuperación. La fiebre había desaparecido, y sus piernas estaban totalmente curadas. El único motivo por el que seguía pasando la mayor parte del día descansando sobre su hamaca, era porque seguía débil. El fuerte cambio que había experimentado bajo la atmósfera kepleriana aún le pasaba factura.

A continuación le contamos todo lo que desconocía de Kepler, sin olvidar los problemas que existían en el planeta y todo lo relacionado con Joseph y su extraño movimiento. Nathan arqueó las cejas cuando hablamos de Joseph. Manuel se sobrecogió. Alexo no solo le transmitió los motivos por los que pretendíamos volver a la Tierra, sino también que la nave ya estaba preparada para emprender el viaje. Después le desveló la existencia de Kevin y el papel que había desempeñado desde que tomaron contacto con él.

Tras aquel emotivo reencuentro, Manuel nos comunicó que se desmarcaba del viaje que íbamos a realizar. Que si teníamos pensado pedirle que viniera con nosotros, que no lo hiciéramos.

—Os apoyo y admiro. Sois muy valientes por arriesgar vuestras vidas a favor de la humanidad. Ojalá consigáis traer soluciones. Pero este viejo se queda aquí —dijo refiriéndose a sí mismo—. Quiero y necesito estar tranquilo el resto de mis días. Además, soy consciente de mis limitaciones. Quizás mi cuerpo no aguante otro viaje.

—No te preocupes —le contesté. En el fondo mis compañeros pensaban como yo. Sabían que tenían que respetar la decisión que Manuel había tomado. Se lo debíamos.

—Os tengo que pedir un favor —continuó Manuel—. No contéis que sigo vivo aquí. Como os he dicho, quiero estar tranquilo.

Me hubiera gustado que Manuel nos acompañara. Pero sabía que en Kepler estaría mejor que a bordo de una extravagante nave que se dirigía a un planeta enfermo. Un mundo en el que, si lograba llegar, consumiría con mayor rapidez el extra de años que Kepler le regalaba. Sin duda, aquel era el mejor lugar para él.

Cuando Nathan escuchó la postura de Manuel, que se quedaba, se alegró. Un gran lazo de amistad los había unido a raíz de aquellos días en las que tantas cosas habían compartido.

Desde el interior de la cabaña escuchamos el sonido del cuerno, que anunciaba retirada, que el sol de Kepler se escondía. Bajo la cabaña los úrsagos tomaron el bosque para alimentarse.

No teníamos prisa por regresar al cobertizo. Nos sentíamos bien acompañando a nuestro antiguo jefe. Así que mientras se esforzaba en ponerse de pie, seguimos conversando con él. Con ayuda de Nathan, lo logró. Desde su nueva postura, Manuel comenzó a rememorar anécdotas pasadas. Se le notaba disfrutar. Kepler le estaba regalando su dosis de vitalidad extra, estaba conectando con él.

La noche había caído por completo y nosotros seguíamos con nuestro particular reencuentro. De repente, al otro lado del tabique, escuchamos cómo alguien abría violentamente la puerta principal de la cabaña. Los dos nírios, asustados por el golpe, se apartaron en una de las esquinas. Acto seguido un miembro del grupo irrumpió ante nosotros. Los nervios parecían consumirle. En su semblante se dibujaba una desgracia.

—¡Nathan! ¡Joseph todavía no ha vuelto!

—¿¡Cómo!? —Nathan se sobresaltó.

—Hemos organizado un grupo para salir en su búsqueda. Quizás haya tenido problemas con los úrsagos —dijo el hombre, sumido en nervios— ¿Vienes?

—No. Me quedo cuidando a Manuel. Pero mantenme informado cuando volváis —le contestó.

El hombre salió tan rápido como entró.

¿Tan cobarde era Joseph, como para marcharse tras el susto que Alexo le había provocado? ¿Había abandonado el grupo? ¿O había salido simplemente para meditar y se había demorado más de la cuenta? ¿Había tenido problemas con los úrsagos? ¿Volvería? Nadie conocía las respuestas a estas preguntas.

Minutos más tarde Nathan salió de la cabaña para tratar el tema con algunos de sus compañeros. La incertidumbre que padecía era muy fuerte. Los demás nos quedamos.

—¿Si le ha ocurrido algo a Joseph, si no vuelve, qué postura mantendrían mis antiguos empleados? —Manuel intentó reflexionar sobre el asunto.

—Seguramente —respondió Edgar— el lavado de cerebro establecido por Joseph perduraría en ellos.

—Ojalá que no vuelva —intervino Akier.

A Ariel se le ocurrió algo al escuchar ese último comentario. Una posible solución:

—Creo que esto tiene una solución y solo lo puede arreglar una persona. Recordad: todos los que estamos en Kepler le debemos todo a Manuel. A pesar de todo, el grupo también lo tiene presente. ¿Quién mejor que él para hablarles con tesón y tratar de hacerlos razonar mientras Joseph no está? —sé explicó mirando a mi antiguo jefe— Propongo que Manuel convoque una reunión en el anfiteatro. Estoy segura de que todos querrán conocer el estado del que hace tiempo fue su jefe, y al artífice de la segunda oportunidad que hoy disfrutan. Además, será una buena oportunidad para sacarlos de su opresión mental, si Joseph regresa quizás no tengamos otra.

—Creo que es una buena idea —dijo Alexo—. Sin el individuo que les retiró la capacidad de decidir por sí mismos en escena, Manuel tiene muchas probabilidades de conseguirlo. Son conscientes de que se lo deben todo.

Yo también apoyé aquella idea.

Gracias al pensamiento de Ariel la multitud se congregó en el anfiteatro. Edgar, Akier, Alexo y Manuel se hallaban en el centro de todas las miradas. Ariel y yo estábamos en la fila más próxima a ellos. El silencio que mantenían los presentes indicaba el grado de atención con el que esperaban. En ese momento los acompañantes de Manuel se retiraron y se sentaron a nuestro lado. Entonces Manuel comenzó a hablar:

—Hola a todos. Me alegro mucho de reencontrarme con vosotros en un entorno y circunstancias tan especiales, superando los límites del universo, ganándole la partida al tiempo y superando adversidades. Lo primero, quiero comunicaros que deseo que encontréis lo más pronto posible a Joseph —dijo para conseguir puntos a su favor—. Me han contado que es un pilar fundamental aquí. Lamento también que durante los primeros días tuvierais que perder a dos compañeros para daros cuenta del problema que suponían los úrsagos.

Manuel había comenzado con muy buen pie. El silencio seguía reinando bajo las enmarañadas y grandiosas ramas de los árboles que nos acogían bajo aquel entorno natural con forma de anfiteatro.

—Cómo podéis comprobar estoy bien. No tan joven como me gustaría —bromeó al mismo tiempo que acariciaba su cutis con ambas manos—. Ya me conocéis… —rió para romper el hielo— Pero no puedo quejarme. Me encuentro en el lugar en el que siempre he deseado estar. Me he maravillado al descubrir el potencial que tiene este mundo.

El discurso continuó. No se entretuvo más tiempo del necesario hablando de sí mismo. Su discurso no fue un monólogo. Dialogó con alguno de los presentes, que le preguntaron o explicaron aspectos del hábitat que nos rodeaba. De este modo, haciendo que todo el mundo se sintiera partícipe con sus palabras, se ganó su confianza.

Después se centró en los problemas que existían en Kepler. La ausencia de Joseph los había debilitado tanto mentalmente, que a Manuel no le costó nada hacerlos razonar, y atraerlos hacia la postura que nosotros manteníamos. Cuando Manuel percibió en las miradas de su público, que lo apoyaban, decidió avanzar hacia el verdadero propósito que tenía aquel encuentro.

Tras contarles detalladamente el plan de volver a la Tierra, informándoles que nosotros cinco seríamos los encargados de realizarlo, y después de explicarles los motivos por los que debíamos hacerlo, consiguió eliminar la barrera que los había mantenido separados de Akier, Edgar y Alexo durante todos esos años. Para finalizar, pronunció el discurso más motivador que jamás he escuchado. Unas palabras que fulminaron cualquiera de las dudas que pudieran prevalecer en alguno de los asistentes, uniéndonos a todos a favor de una misma causa: intentar salvar a la humanidad.

—Hoy me dirijo a vosotros, no como vuestro jefe, no como gerente de Flights, sino como un miembro más de la humanidad. Estamos ante un gran desafío. Sin embargo, por primera vez en la historia del hombre, somos conocedores de la existencia de un maravilloso planeta que puede evitar, dado el estado de la Tierra, nuestra pronta extinción.

»Nuestro hambre de superación siempre nos ha caracterizado como especie. Tenemos la capacidad de alcanzar lo imposible. Gracias a nuestro esfuerzo, a nuestros descubrimientos, a cada peldaño que subimos en la escalera de la ciencia y la exploración, a cada momento en los que nos atrevemos a apuntar más alto, a alcanzar las estrellas, a romper barreras, a hacer conocido lo desconocido, hoy tenemos la tecnología y las herramientas para lograr este reto. No nos olvidemos de que seguimos siendo pioneros, que apenas hemos empezado, y que nuestros mayores logros están por llegar, que nuestro destino está escrito en las estrellas, que nuestro futuro se encuentra aquí, en Kepler.

»Ahora el destino de la humanidad recae sobre Akier, Alexo, Edgar, Álex y Ariel, valerosas personas que atravesarán la oscuridad del cosmos por sus semejantes. Cuando alcancen el mundo que nos dio la vida, informarán de las barreras vitales que tenemos, e intentarán traer soluciones. Todo esto lo haremos, porque á pesar de los inconvenientes existentes, pensamos que Kepler 22b es una buena opción para vivir.

Tras sus palabras, unas palabras que erizaron mi vello y calaron en el interior de todos, que vencieron a cualquier sonido existente en el planeta, que atrajeron la atención de todos los seres vivos del planeta, se inició un grandioso aplauso. Algunos derramaron lágrimas de emoción.

Justo cuando terminó el encuentro, la mayoría de los asistentes se aproximó uno a uno hasta Akier, Edgar y Alexo, para restablecer con ellos el vínculo que habían perdido. Escuché muchas disculpas, presencié muchos abrazos. Las pronunciadas sonrisas y alegres semblantes anunciaban que las diferencias entre nosotros habían desaparecido. Desde ese momento tuvimos el apoyo de todos. La mentalidad del grupo cambió. Comenzaron a pensar como especie, a velar por sus semejantes de la Tierra, que a seiscientos años luz de distancia se dirigían a un fatal destino. Comenzaron a ver la situación de otra manera, como lo haría una civilización avanzada, que se había librado de los egoísmos individuales. Manuel, con sus palabras, logró que el grupo evolucionara en unión con el cosmos, con la vida misma y con la naturaleza.

Ante nosotros se cruzaba una oportunidad para demostrarle una vez más a la vida, que siempre hemos sido los protagonistas de nuestras mayores heroicidades.

UN ENCUENTRO ENTRE PÉTALOS

Acordamos pasar dos días más en Kepler antes de emprender el viaje. Así podríamos disfrutar y celebrar la reconciliación grupal. Sabíamos que también nos serviría de despedida por si algo salía mal. Por si acaso, queríamos guardar los mejores recuerdos.

Akier, Edgar y Alexo fueron a su cobertizo a recoger sus pertenencias personales para pasar esos dos últimos días en el poblado, junto al resto. Ariel y yo estuvimos muy cerca y pendientes de Manuel, aunque en ocasiones nuestro amor hacía que nos separáramos de él y del grupo para dedicarnos el tiempo que nos debíamos, después de haber estado distanciados tanto tiempo.

Una de esas veces la pasión hizo que perdiéramos la atención y nos extraviamos en el bosque. A pesar de desconocer nuestra posición, de saber que caminábamos por zona inexplorada, permanecimos sumidos en nuestro particular juego amoroso. Nos sentíamos mutuamente, disfrutábamos de la belleza de nuestro entorno, nuestra pasión conectaba perfectamente con la armonía de Kepler, que con su magia adornaba nuestra unión. Entre besos, abrazos y pequeñas carreras de enamorados, sin saber dónde nos encontrábamos, atravesábamos la selva hacia ninguna parte.

Después de caminar durante un largo periodo de tiempo llegamos. Parecía que Kepler, despertando un nuevo instinto en nosotros, hizo que inconscientemente nos dirigiéramos hasta allí.

El suelo seguía recubierto por fina hierba del color del *biomo*, cuyo vaivén provocado por la suave brisa la hacía bailar de lado a lado cambiando su tonalidad. Frente a nosotros observamos un lago, no muy grande, de agua cristalina en la que flotaban miles de pétalos rojos. Los mismos pétalos también inundaban el ambiente, caían por todas partes. Algunos de ellos se posaban y resbalaban sobre nosotros. Justo en el centro del lago, sobre un pequeño islote, crecía un exótico árbol rojo de desproporcionado tamaño respecto al diminuto trozo de tierra que lo sostenía. Como una fuente inagotable, de él se desprendían constantemente todos esos pétalos. El poco peso que tenían unido al menor índice de gravedad que poseía Kepler, hacía que su contoneo se prolongara sobre el aire y cayeran muy lentamente.

Justo detrás de ese majestuoso árbol rojo, observé por primera vez el halo anaranjado de *Carifh,* una de las lunas de Kepler que hacía de la escena algo único en el universo. El lugar era más que hermoso. La imagen que se mostraba ante mí describía perfectamente el sentimiento más puro que puede sentir una persona hacia otra. La fotografía que se dibujaba en mi retina, el lugar, me incitaba al amor, me acercaba a Ariel.

Ariel se desprendió de su ropa dejando que resbalara por su cuerpo hasta caer sobre la hierba.

—Acompáñame —me cogió de la mano mientras se dirigía hacia el agua.

Por el camino prescindí también de mi ropa. Poco a poco nos introdujimos en el lago. Nuestros cuerpos avanzaron entre miles de pétalos rojos que flotaban en el agua. Su temperatura resultaba muy placentera. Durante nuestro baño, sumidos en el hechizo amoroso de aquel lugar, nos dedicamos caricias, besos, carantoñas y un sinfín de *te quieros*.

«Ojalá no hubiera existido ningún problema que solucionar, ojalá no hubiera existido la Tierra, ojalá me hubiera podido quedar allí con ella para siempre, ojalá solo hubiéramos existido nosotros dos» pensé. El grado de bienestar era indescriptible.

Los besos y caricias fueron el comienzo de una apasionada escena amorosa. El halo anaranjado de *Carifh* parecía temblar de emoción, en ocasiones derretirse, fulgurar con cada beso, con cada mirada. A pesar de que nuestros cuerpos, las ganas de ese encuentro y los sentimientos seguían siendo nuestros, nuestras acciones ya no lo eran. Permanecíamos bajo el hechizo del árbol rojo que nos observaba. Mientras, gozamos cumpliendo con lo que aquel suntuoso lugar quería que hiciéramos. Los pétalos siguieron cayendo sobre nuestras cabezas.

Para nosotros estaba claro el significado que tenían nuestros actos: puro amor. Pero para Kepler significaba algo más. En aquel momento no fuimos conscientes de la importancia del momento.

Tras nuestro romántico episodio salimos del agua. El sol de Kepler empezaba a caer. *Carifh* tomó más protagonismo en el verdoso cielo. Bajo su luz anaranjada nos acercamos hasta un pequeño grupo de árboles que había a una decena de metros. Árboles de menores proporciones a los que conocíamos. Después de la intensidad del momento necesitábamos relajarnos. Así que nos acomodamos bajo ellos.

En silencio seguimos disfrutando de nuestro entorno. Observamos el lago, el árbol, su colorida nube de pétalos rojos, el halo de *Carifh*. Sentimos ser los dueños y señores de Kepler.

Fundidos en un cálido abrazo nos dormimos, olvidándonos completamente de que pronto se escondería el sol, y lo *úrsagos* saldrían a alimentarse. Por suerte los *úrsagos* no se acercaron al lago esa noche.

EL DESPEGUE

Llegó el momento de partir. Kevin, desde *New Flighs*, un par de horas antes, en nuestra última conversación vía escrita, nos dio el visto bueno para emprender el viaje.

Desde lo alto de la plataforma, junto a la nave, nos despedimos de nuestros compañeros. El grupo entero permanecía animándonos bajo la pesada estructura de madera. Sentí la importancia del momento, del paso que estábamos a punto de dar. Desde mi posición distinguí a Manuel entre el gentío. Me miraba con orgullo y esperanzado. No por él, que ya era viejo, sino por el futuro que le esperaba a la humanidad si lográbamos conseguir nuestro propósito. Junto a Nathan, su gran nuevo amigo, parecía feliz.

La despedida llegó a su fin cuando realizamos el característico movimiento de manos. Apartándonos del foco de las miradas nos adentramos en la nave. Tras cerrar la compuerta, Edgar, Akier y Alexo se sentaron en sus respectivos asientos frente a la mesa de mandos para configurar los parámetros del despegue. Akier tomó el asiento del piloto, el de la derecha. En ese instante metió su mano por el cuello de su vestimenta. Cuando la sacó, una placa quedó a la vista sobre su pecho, colgando de una fina cadena. Bajo la insignia de *Flights,* en letra pequeña se podía leer: *«Piloto experimentado de Flights».* Menos del cinco por ciento de los antiguos pilotos de Manuel poseían esa distinción.

Detrás de los tres asientos principales había nueve más,

repartidos en tres filas. Ariel y yo nos situamos en la primera de ellas, la más próxima a nuestros compañeros, dejando un asiento libre a mi izquierda. Al sentarme me sentí muy cómodo. Entre la cabina de mandos y nosotros no existía ninguna separación, sólo un par de metros. Por lo tanto, no sólo manteníamos contacto directo con nuestros compañeros, sino que veíamos el frente exterior de la nave a través del ventanal frontal que había sobre la mesa de mandos.

El interior de la nave, incluidos los asientos, aparatos, paredes y sobre todo el suelo, estaba recubierto por una fina capa de arenilla grisácea que le otorgaba un aspecto sucio y abandonado. La luz escaseaba en el interior. Aun así, podía observarse que nuestro alrededor no se caracterizaba por poseer bonitos acabados. En realidad, el interior era como el exterior: rústico y básico. Varios fragmentos de fibra deshilachada colgaban del techo, y las vigas de la estructura interior estaban sin revestir.

Tras el grupo de asientos quedaba un espacio que utilizamos para transportar un pequeño muestrario de la diversidad de Kepler. Unas cintas amarillas sujetaban varios cajones a la pared trasera del habitáculo. Dos de ellos mantenían muestras de *biomo*, y el resto distintas plantas y vegetales comestibles. Al lado del *biomo* había dos jaulas. Una guardaba una decena de *nírios*, y en la otra había un *úrsago*, el cual nos resultó muy difícil capturar.

—Antes de partir, me gustaría comunicaros —Alexo se giró. Aquella explicación iba dirigida exclusivamente para nosotros dos — que no podremos contactar con Kevin durante el viaje. El sistema de mensajería escrita se desconectará automáticamente cuando alcemos el vuelo. Por lo tanto, hasta que no alcancemos la órbita lunar, estaremos solos. Nuestras antenas de comunicaciones tienen un alcance muy limitado.

Akier nos ordenó que nos abrocháramos las cintas de seguridad.

Justo antes de hacerlo, Ariel y yo nos pusimos de pie para abrazarnos. Éramos conscientes del riesgo que suponía el grandioso viaje que estábamos a punto de emprender. Nos miramos de cerca. Toqué su pelo. Después nuestras manos se unieron. Nos besamos.

—Te volveré a abrazar en la Tierra —me dijo mirándome fijamente.

La besé otra vez. Después volvimos a nuestros asientos y obedecimos la orden que nos acababa de dar Akier.

—¿Preparados? —nos preguntó.

—Si — Ariel y yo respondimos al unísono. Alexo y Edgar asintieron con la mirada a su compañero.

—Activa la secuencia tres para completar la fase de despegue — le pidió a Edgar.

A continuación, Edgar, Akier y Alexo se colocaron los intercomunicadores que mantendrían unidas sus conversaciones a partir de ese momento. Edgar activó la secuencia demandada por su compañero y el despegue se inició.

—¡Vamos! —exclamó al hacerlo.

Un fuerte estruendo hizo vibrar la aeronave, que suavemente comenzó a elevarse. Mientras metro tras metro el aparato ganaba altura, las vibraciones continuaban. De repente comenzó a caer arenilla sobre mí. Se estaba desprendiendo del techo. Un fuerte traqueteo me hizo volver la mirada atrás. La escena que vi fue aterradora. Esa arenilla no se desprendía sólo sobre mi hombro. Caía por todas partes, y un polvo grisáceo comenzó a inundar el ambiente.

Las vibraciones aumentaron y la parte trasera comenzó a propiciar bruscas sacudidas. La línea que unía ambas mitades de la nave, la delantera de la trasera, parecía estar afectada. Llegué a pensar que la nave estaba a punto de partirse. Atraída por el ruido y el polvo, Ariel también miró hacia atrás.

Akier, consciente de la escena, continuó elevando la nave como si nada ocurriera. Acto seguido, la desplazó hacia delante para librar la empalizada en la que había estado posada.

—No os preocupéis —chilló para que pudiéramos oírle— en todas las pruebas anteriores ha sucedido lo mismo. La nave es segura.

Si se habían originado esas violentas turbulencias en cada prueba anterior, era lógico que todo el interior del habitáculo estuviera cubierto por esa fina capa de arenilla grisácea.

Akier alejó la nave de la plataforma lo suficiente para no calcinarla. Después inclinó el aparato a unos cuarenta y cinco grados, hasta que el ventanal frontal apuntaba únicamente hacia el verde cielo. Al accionar los reactores, nuestras espaldas se adhirieron fuertemente a los asientos. Percibimos el estruendo exterior. La nave salió despedida hacia las alturas.

En ese momento todo dejó de vibrar. La velocidad adquirida dotó a la aeronave de máxima rigidez, e hizo que la suavidad se adueñara del viaje. En pocos segundos abandonamos la atmósfera de Kepler.

Al pasar la barrera natural del planeta, el viaje pareció ralentizarse. Pero en realidad no lo hizo. Simplemente fue una apreciación nuestra al perder de vista cualquier punto de referencia. Al frente no había nada más que estrellas.

La tremenda velocidad con la que abandonamos el planeta fue superior a la velocidad con la que me estrellé el día de mi llegada. Esto fue fundamental para evitar que la falta de *biomo* nos afectara. Desde el principio, Akier, Edgar y Alexo habían sido conscientes de que un despegue mantenía ese riesgo. Para evitarlo crearon un sistema de lanzamiento que nos sacó de allí lo más rápido posible, antes de que nuestro organismo empezara a sentir la falta de *biomo*.

Sin embargo, la velocidad provocó que las luminiscencias de los *nírios* que llevábamos atrás se apagaran. El despegue también había estresado mucho al úrsago, que descargaba toda su energía mordisqueando los barrotes de la jaula que lo confinaba. Por suerte, el fuerte material parecía aguantar.

El viaje continuó y el polvo gris que había en el ambiente comenzó a disiparse.

La silueta de Kepler apareció en los monitores que mostraban el exterior trasero de la nave. Mientras tanto, a través de una de las ventanas de mi derecha vi a *Carifh* rodeado por su halo anaranjado. Ariel sonreía mientras también contemplaba la hermosura del satélite natural.

Poco a poco, la esfera verde con tonalidades blanquecinas, que flotaba en la oscuridad cósmica detrás de nosotros, fue disminuyendo su tamaño.

El alboroto que causaba el *úrsago*, debido al grado de estrés que mantenía por estar apresado, era el único sonido que rompía la quietud y soledad que nos regalaba el universo. Con gran agresividad seguía luchando contra su jaula.

—Cuando abandonemos el campo de fuerza que ejerce sobre nosotros Kepler activaremos el viaje interestelar —nos comunicó Alexo.

Nuestro entorno era cada vez más oscuro. Kepler apenas se distinguía en los monitores que mostraban las imágenes traseras. Al tiempo desapareció de las pantallas.

Antes de accionar el viaje entre las estrellas, Alexo, al igual que un día hizo Manuel conmigo, nos recordó los riesgos que corríamos. También nos explicó que a consecuencia de la posibilidad de que todos perdiéramos la consciencia, el viaje interestelar estaba programado para interrumpirse automáticamente en las cercanías del Sistema Solar.

Akier activó el viaje, y los puntos luminosos que se veían a través de los ventanales se distorsionaron y alargaron hacia atrás. De pronto, las estrellas se convirtieron en líneas blancas e infinitas, que parecían viajar en sentido contrario al nuestro. Los monitores se apagaban y encendían, mostrando imágenes abstractas e incoherentes. Ariel y yo manteníamos nuestras manos unidas sobre el reposabrazos que había entre nosotros.

Me sentía mareado, mi vista se enturbió. Un extraño y ralentizado ambiente estaba colapsando mis sentidos. Por el momento todos permanecíamos conscientes.

Al alzar mi mano izquierda observé cómo se deformaba hacía atrás de forma inusual. Como si la velocidad que manteníamos fuera demasiado para ella. No sentí dolor, solo asombro. Ya que sabía que aquello era un efecto óptico. Minutos más tarde, no tuve más aguante, y me desvanecí sobre mi asiento.

—¡Álex despierta! ¿Puedes oírme? ¡Álex! —Ariel trataba de despertarme— ¡Álex, mi amor, despierta!

Tras varios intentos Ariel lo logró.

—¿Ariel? —le contesté confuso y débilmente— ¿Qué ha pasado? ¿Dónde estoy?

—Estamos llegando a la Tierra, el viaje interestelar ha terminado, y ninguno de nuestros compañeros reacciona —me alertó preocupada.

Ariel me desabrochó las sujeciones y me ayudó a levantarme. Dimos unos pasos hasta la mesa de mandos.

—Tenemos que despertarlos, nos aproximamos a algo que… desconozco eso —dijo señalando una gran acumulación de polvo y roca que se divisaba en la lejanía.

—Es el cinturón de Kuiper —recordé muy bien la imagen— Tenemos que despertarlos antes de llegar a él, o chocaremos con las rocas que lo forman.

Mientras nos aproximábamos velozmente hacia la inmensa acumulación de material, uno a uno zarandeamos a nuestros compañeros, sin resultado alguno.

—Por cierto, —dijo Ariel interrumpiendo mis acciones— ya no se escucha al *úrsago*.

—¿Qué le ha pasado? —le pregunté pensando que Ariel sabía algo al respecto.

—No lo sé. Yo también me dormí. Acabo de darme cuenta de ello.

—Habrá sufrido un desvanecimiento, igual que nosotros.

Ariel se marchó mientras yo seguía intentando despertar a mis compañeros.

—¿Dónde vas?

—A comprobar el estado del *úrsago*.

Su instinto de velar por toda vida animal, que tanto le caracteri-zaba, o quizás un fatal presagio, la apartaron de mi lado a pesar de lo importante que era despertar a nuestros amigos. Segundos más tarde Ariel exclamó:

—¡No está en su jaula! ¡Ha escapado!

Temeroso por la cercanía que manteníamos con el cinturón de Kuiper e intranquilo por lo que acababa de escuchar, le di a Akier una bofetada. Estaba impaciente por que despertara.

—¿Qué sucede? — reaccionó Akier, con su mente todavía inmersa en otro lugar.

—Akier, intenta volver cuanto antes. Estamos frente al cinturón de Kuiper. Tienes que pilotar esta nave —le dije zarandeándole.

—¿Y los demás? — reaccionó.

Una mirada hacia la izquierda fue suficiente para que el mismo contestara su pregunta. Sus compañeros seguían desvanecidos sobre sus asientos.

—¡Venga vamos! —le animé y ordené al mismo tiempo.

Una vez que presencié cómo Akier volvía a los mandos, fui al encuentro de Ariel, a la parte trasera. Si el *úrsago* estaba suelto nues-tra integridad peligraba.

—Ha debido salir por aquí —me explicó Ariel señalando los desperfectos que el animal había causado con los dientes.

—Hay que encontrarlo antes de que…

—¡Venid rápido! —nos alertó Akier antes de que pudiera acabar la frase que había comenzado— ¡El *úrsago* está atacando a Edgar!

PROBLEMAS

Corrimos hacia la mesa de mandos. Al llegar vimos cómo el *úrsago* estaba atacando violentamente la pierna de Edgar, que todavía permanecía inconsciente. Akier no pudo hacer nada, estaba ocupado dirigiendo la nave hacia lo que parecía ser una zona más despejada del cinturón de Kuiper, tratando de evitar una posible colisión. Al mismo tiempo, Alexo se despertó sobresaltado. Aunque la escena le aterró, no dudó en levantarse de su asiento para propinarle al *úrsago* un fuerte puntapié. Con ello no consiguió su propósito, sólo enfurecerlo más. Y este se aferró con más fuerza a la pierna de Edgar, desgarrando sus músculos. Alexo siguió pateándolo sin descanso.

Edgar reaccionó. Al despertar y encontrarse al *úrsago* adherido a él, y ver el reguero de sangre que brotaba de su pierna, comenzó a gritar desesperadamente. Los alaridos asustaron al *úrsago,* que le soltó rápidamente. En ese momento Edgar, alarmado y desesperado, con la intención de poner más espacio de por medio entre él y la criatura, le asestó con su otra pierna otra patada. Tras la acción el *úrsago* volvió a enfurecerse y se abalanzó nuevamente sobre él. Esta vez sus fauces se encontraron con el brazo que levantó para protegerse.

Edgar siguió gritando. Tras arrancarle un trozo de bíceps, el *úrsago* se alejó de la mesa de mandos con su premio.

La situación se había descontrolado. El *úrsago* ya había hecho demasiado mal, no podíamos permitirle más. O acabábamos con su vida, o nuestra misión fracasaría pronto. Alexo, Ariel y yo nos abalanzamos sobre él, y con una especie de martillo de emergencia, que servía para quebrar los gruesos ventanales de la nave en caso de necesidad, le matamos. Su pequeño cuerpo quedó destrozado junto a la primera fila de asientos.

Sin previo aviso, en ese preciso instante, cuando nos disponíamos a dedicar toda nuestra atención sobre nuestro compañero malherido, escuchamos un fuerte impacto. El primer fragmento de roca golpeó el casco de la nave.

—¡Volved a vuestros puestos! —nos ordenó Akier.

Mientras Akier se concentraba para esquivar los miles de cuerpos rocosos que teníamos al frente, Ariel y yo, ya en nuestros asientos, nos abrochamos las cintas de seguridad. Alexo, en vez de obedecer a su compañero, fue hasta Edgar.

—¿Qué haces? ¡Vuelve a tu asiento! —le comunicó Akier mediante el intercomunicador— ¡O saldrás despedido cuando empiece a maniobrar!

Esquivar los fragmentos que se avecinaban requería efectuar fuertes giros y bruscos cambios de dirección. La integridad de Alexo también estaba en juego, si no conseguía asegurarse en su asiento antes de que penetráramos en el cinturón de escombros.

Al adentrarnos entre los fragmentos rocosos, se iniciaron las acrobacias. A pesar de las vertiginosas maniobras que realizaba Akier, la conducción parecía segura.

Mientras tanto, Alexo permanecía agarrado fuertemente a uno de los posabrazos del asiento donde su compañero, gravemente herido, luchaba por sobrevivir. A duras penas podía soltar una de sus manos para comprobar el estado de su amigo. Cada vez le resultaba más difícil seguir aferrado allí. Con cada maniobra, las manos de Alexo resbalaban, perdían agarre.

Akier ladeaba la nave de un lado para otro, hacía descensos y ascensos imposibles, frenaba, aceleraba… Realizando todo tipo de maniobras, con la experiencia propia que indicaba la distinción que lucía en su pecho, nos condujo a las profundidades del cinturón de Kuiper. Allí aumentó considerablemente el número de obstáculos que se interponían en nuestro camino. A pesar de la destreza que poseía a los mandos, había demasiadas rocas. Comenzaron a escucharse pequeños impactos en el casco exterior.

—Teníamos que haber instalado el *SEC* que poseía la otra nave —le comentó Akier a Alexo por el intercomunicador mientras este luchaba contra la inercia y los fatales movimientos para no salir despedido— nos habría facilitado el camino.

El *SEC* era un sistema que generaba un potente campo de fuerza alrededor de las aeronaves capaces de realizar viajes de largas distancias, que al activarlo las protegía de todo tipo de fragmentos rocosos. De haberlo quitado de la nave en la que llegué a Kepler e instalado en la nueva, hubiéramos tenido un viaje mucho más tranquilo.

Edgar entornó los ojos. Alexo se percató de que si su compañero seguía perdiendo sangre no aguantaría mucho más. Estaba muy débil. Debía detener sus hemorragias, y para ello tendría que llegar hasta el botiquín, situado en la parte trasera de la nave, junto a las muestras de *biomo*.

—Avísame cuando pueda soltarme para ir hacia el botiquín —le comunicó a Akier.

Alexo había calculado que dos o tres momentos de calma serían suficientes para ir y volver del botiquín. Unos segundos después, recibió dicho aviso:

—¡Ahora! Tienes unos cuatro segundos para volver a agarrarte a algo.

Fijando su vista en una vigueta interior se lanzó hacia ella. El movimiento de la nave le imposibilitó caminar en línea recta, pero, por suerte, logró llegar y agarrarse a esa viga antes de que las acrobacias aéreas continuaran.

—¡Agárrate! —Akier le advirtió.

Las piruetas aéreas eran las principales protagonistas del momento. La arenilla gris volvió a elevarse, inundando de nuevo el ambiente.

Alexo, desde su actual posición, pidió a Akier que lo avisara cuando pudiera volverse a soltar para avanzar hacía el botiquín. Su compañero volvió a darle una nueva oportunidad que Alexo supo aprovechar. Ya estaba muy cerca de su objetivo. Pero durante un nuevo momento de aparente calma, cuando solo cinco pasos le separaban del botiquín, una roca impactó fuertemente contra nosotros. Akier no la vio. La nave se desplazó y volteó bruscamente. Alexo salió despedido y se estampó contra el techo. Gracias a las sujeciones de seguridad, Ariel y yo permanecíamos colgados de nuestros asientos, boca abajo. Por suerte la nave no había sufrido daños importantes. Cuando Akier giró la nave para estabilizarla, el cuerpo de nuestro compañero volvió a salir despedido hacia arriba, y se estrelló contra el suelo. La tregua había desapareció. Los fragmentos del exterior se precipitaban velozmente contra nosotros.

Alexo vagaba descontroladamente por el habitáculo mientras Akier conducía la nave de manera vertiginosa. Chocó repetidas veces contra el escaso mobiliario y las paredes, sin que nosotros ni él mismo pudiera evitarlo. Cuando hubo un nuevo momento de tranquilidad y la nave se estabilizó, Alexo quedó inmóvil en el suelo.

—Alexo ¿estás bien? —le pregunté desde mi asiento.

No hubo respuesta.

Instantes más tarde volvieron las maniobras y giros imposibles.

Alexo volaba inconsciente de un lado para otro sin control alguno. Los primeros golpes que recibió no fueron muy fuertes. Por suerte, uno de ellos le hizo recobrar el sentido. Entre los siguientes vaivenes, intentó orientarse, trató de agarrarse a algo. Pero no pudo. De repente, una maniobra fatal hizo que saliera despedido al frente de la nave a gran velocidad. Alexo voló muy cerca de nuestras cabezas, y justo cuando parecía que iba a estamparse contra el gran ventanal frontal, sobre la mesa de mandos, la brusquedad de un nuevo giro a la izquierda lo impulsó con violencia hacia la derecha. Su cuerpo acabó impactando fuertemente contra una de las paredes. Antes de que su cuerpo inmóvil cayera sobre el suelo, la inercia de otra maniobra lo lanzó de nuevo hacia arriba en un movimiento casi imposible. Justo cuando volvió a pasearse sin control por encima de nuestras cabezas, Akier ascendió repentinamente para esquivar una gran roca que hubiera acabado con nosotros, y Alexo acabó cayendo por inercia justo detrás de mí, quedando encajado de muy mala manera entre mi respaldo y la fila de asientos trasera.

En ese momento, aprovechando la calma, solté las cintas de seguridad que me mantenían firme con la intención de asegurar a mi compañero en el asiento donde había tenido la fortuna de caer. Sabía que podía ser una ocasión única para ello.

—¡Nooo! —gritó Ariel al presenciar mi acción.

Tras luchar unos segundos con su postura corporal y el escaso espacio donde había caído logré posicionarlo y asegurarlo correctamente en la fila de atrás. Sin perder un solo instante volví a abrocharme las sujeciones. Instantes después continuaron las acrobacias. Ariel respiró con alivio.

De vez en cuando miraba hacia atrás. Alexo no daba signos de consciencia. Los lamentos y sollozos de Edgar habían remitido. ¿Se habría desangrado? No nos alcanzaba la vista para verlo. No queríamos acabar como Alexo, así que a pesar de la delicada situación que vivían nuestros dos compañeros, decidimos permanecer en nuestros asientos.

Gracias a la gran habilidad de Akier a los mandos, la nave consiguió atravesar el cinturón de Kuiper.

Mientras Akier evaluaba los pequeños desperfectos que habían ocasionado los impactos que habíamos recibido, Ariel y yo comprobamos el estado de nuestros compañeros. Nos repartimos el trabajo. Yo acudí hasta Edgar y Ariel se quedó con Alexo, que comenzaba a reincorporarse.

—Creo que me he roto algo —dijo Alexo palpando suavemente su torso—. No puedo moverme.

La palidez del rostro de Edgar indicaba que la vida se había escapado de su cuerpo. Su alrededor lo confirmaba. La sangre que había perdido lo inundaba todo: la mesa de mandos, gran parte del ventanal frontal, incluso a Akier, que permanecía embadurnado de ese marrón rojizo que empezaba a resecarse. Los bruscos movimientos del viaje, los giros y maniobras habían teñido todo de rojo.

LUNA, TIRÓN GRAVITACIONAL

La mente de Alexo estaba fuera de sí. Sentía dolor en las piernas, y mucho más en su costado. Respirar le suponía un gran esfuerzo. Al ver cómo resbalaba un fino hilo de saliva roja por la comisura de sus labios, supusimos que tenía alguna lesión interna.

Desde hacía mucho tiempo Edgar y Alexo se habían convertido en pilares fundamentales en la vida de Akier, quien permanecía bastante afectado en su asiento. Para tratar de animarle me instalé a su lado, en el asiento que Alexo había dejado libre.

—Si pudiera avisar a Kevin de lo ocurrido, quizás podría preparar un médico para Alexo—me comunicó Akier.

Lástima que no pudiéramos hacerlo hasta alcanzar la órbita lunar.

Para mantener una mejor comunicación, Ariel y yo nos colocamos los intercomunicadores que Edgar y Alexo habían dejado de utilizar. Me quedé en ese asiento. Ariel decidió quedarse atrás, junto a Alexo, para poder cuidarle y prestarle la atención que precisara.

Ante la posibilidad de perder a su otro compañero, Akier decidió acelerar el viaje. Percibimos el cambio de velocidad. Pronto, una estrella comenzó a resaltar entre las demás. Era nuestro Sol. A su lado otro punto luminoso, con tonos azulados, y de menor proporción, se dejó ver. El segundo punto de luz, enseguida ganó tamaño. Nos acercábamos hacia él a gran velocidad. Un par de minutos después se convirtió en una esfera sin brillo. Se agrandó todavía más. Se mostró gigantesco frente a la nave. Un azul oscuro con pequeños matices más claros, ensalzaban su belleza. Nos encontrábamos frente de Neptuno. Plutón no coincidió con nosotros, se encontraba al otro lado de nuestro astro.

A una distancia prudente, para librarnos de su atracción gravitatoria, Akier ladeó ligeramente los mandos hacia la derecha. La nave, con una inapreciable inclinación, comenzó a pasar por el lado de ese coloso, que empezaba a desplazarse hacia la izquierda. Hasta que se perdió detrás de nosotros, nuestras miradas permanecieron atraídas por el poder que transmitía Neptuno.

Más lejos, nos encontramos con la brillantez de Urano, que resaltaba en el mar de oscuridad. Seguidamente apareció Saturno ante nosotros. Al principio sólo se presentó como un pequeño punto luminoso al frente. Como lo hacían todos. Más tarde adquirió una forma peculiar no esférica. Pudimos apreciar sus anillos helados. Y más allá, a pesar de nuestra lejanía, divisamos sus cinco satélites más vistosos bailando lentamente a su alrededor. Titán, Rea, Tetis y Dione a su izquierda y Encelado vagaba solitario a su derecha.

Akier no aproximó más la nave. De nuevo la ladeó hacia la izquierda y el conjunto de cuerpos celestes fue desplazándose a la derecha lentamente hasta desaparecer de nuestra vista. A Júpiter tampoco nos aproximamos. Tan sólo lo vimos de lejos.

Marte, al igual que Plutón, se encontraba al otro lado del Sol, por lo que no nos encontramos con él.

Al fin apareció la Luna ante nosotros. Creció rápidamente de tamaño. Se hizo enorme.

—En ciencia lo llamamos tirón gravitacional —nos informó Akier— Vamos a acercarnos lo suficiente como para incrementar nuestra velocidad utilizando el impulso gravitatorio de la Luna.

Después volveremos a ganar altura respecto a ella lentamente y saldremos despedidos hacia la Tierra.

Tal y como nos había adelantado nuestro compañero, nos acercamos oblicuamente a la Luna hasta que su débil campo de gravedad nos atrajo. Nos aproximamos tanto, y tan rápido, que parecía que íbamos a alunizar en su superficie. La atracción que ejerció sobre nosotros aceleró nuestro viaje. Por la vida de Alexo, necesitábamos llegar cuanto antes.

Contemplamos perfectamente su relieve: cráteres, elevaciones terrenales, depresiones… A continuación, la nave voló paralela al suelo con mayor velocidad. Las imágenes del exterior comenzaron a pasar muy rápido por las ventanas laterales de la aeronave. La velocidad siguió creciendo.

En el momento adecuado, Akier elevó el aparato poco a poco, y nuestra distancia respecto a la Luna aumentó hasta que salimos de su campo gravitatorio.

Después Akier se mostró orgulloso por haber triplicado nuestra velocidad.

El viaje estaba orientado hacia nuestro próximo destino. Volvimos a verla. Maravillosa, preciosa e impoluta. Allí seguía la azulada y elegante Tierra. Desde el espacio, no se veía la enfermedad que la castigaba. Ni rastro de ella.

—Kevin ¿me recibes? —Akier abrió las comunicaciones con nuestro gancho en *New Flights*.

No hubo respuesta.

—Kevin ¿me recibes?

—Nadie respondía. Ariel y yo nos miramos con cierta duda.

—¡Solicito respuesta! ¿Me recibes? —pronunció desesperado.

—Aquí Kevin desde *New Flights*, te recibo entre interferencias.

Los tres suspiramos con alivio.

—Acabamos de pasar la Luna. Nos aproximamos a la Tierra a mucha velocidad.

—¡Estupendo! ¡Enhorabuena! —nos felicitó— ¿Cómo ha ido el viaje? Aquí tenzzzrzzzrzzz todo prepzzzrzzzrzzz para dentro de dos horas, tal y como acordamos —entendimos difícilmente entre las interferencias.

—¡Kevin! ¡Pierdo señal!

—Que tengo todo preparado pazzzrzzzrzzz vuestra llegada, dentro de dos horas zzzrzzzrzzz —repitió.

—¿Cómo? ¿Dentro de dos horas?

—Sí, zzzrzzzrzzz el espacio aéreo de *New* Fzzzrzzzrzzz seguirá abarrotado hasta las ocho. Acordé con Alexo que lo despejaría para vosotros a esa hora.

—Negativo. Te informo que llegaremos en quince minutos.

—¿Quince zzzrzzzrzzznutos? ¿A qué velocidad viajáis?

—Como te he dicho, nos acercamos a mucha velocidad. He tenido que utilizar el tirón gravitacional de la Luna porque… Hemos tenido problemas. Alexo está gravemente herido. Si no lo atiende pronto un médico, morirá —le dijo omitiendo lo que le había ocurrido a nuestro otro compañero.

—Sabía que se complicaría —se le escuchó murmurar a través de las comunicaciones—. ¡No podéis entrar en quince minutos! ¡Imposible! Os verá todo el mundo. Además, no tengo donde esconderos, ni ningún *pentapuerto* libre para vosotros —continuó refiriéndose a las secciones pentagonales a cielo descubierto desde donde despegaban y aterrizaban naves constantemente. Las interferencias desaparecieron—. Lo siento, pero lo tengo todo preparado para dentro de dos horas. A las ocho, el espacio aéreo estará vacío, tendré un *pentapuerto* para vosotros y un lugar para esconderos. Tendréis que esperar.

—Pero…, Alexo necesita un médico urgentemente.

—Solucionaré lo del médico. Pero tenéis que retrasar vuestra llegada para dentro de dos horas.

—Entonces… ¿Qué quieres que haga? No puedo frenar. ¿Te imaginas la velocidad que v…

—Puedo hacerme una idea. Déjame pensar… —le contestó Kevin mientras trataba de encontrar una rápida solución— Lo único que se me ocurre es que quedéis orbitando la Tierra hasta las ocho. A esa hora volveré a establecer comunicaciones con vosotros.

—Creo que es tarde para eso —le respondió Akier— viajamos demasiado rápido, estamos ya encima de la atmósfera.

—Entonces penetradla y volad bajo ella hasta que llegue el momento. Haced lo que os pido. Mientras tanto buscaré un médico que pueda ayudarnos. Lo siento, tengo que cortar comunicaciones.

La comunicación quedó cerrada.

Al frente, nuestro antiguo hogar nos daba la bienvenida.

Akier volvió a parecer nervioso. Afectado.

—Dos minutos para introducirnos en la atmósfera. No os desabrochéis los cinturones —nos recomendó.

Volví la mirada para asegurarme de que Ariel estaba preparada en su asiento. Alexo, a su lado, seguía sintiendo dolor.

Un denso manto de nubes blancas cubría la zona a la que nos dirigíamos. Con el fin de evitar que la fricción destrozara la nave, Akier apagó el motor principal, accionó los sistemas de frenado y maniobró para penetrar en la atmósfera con la inclinación adecuada.

El aparato comenzó a temblar. La fricción deshizo las nubes, y los ventanales adquirieron un tono blanquecino. De pronto, el bloque trasero de asientos comenzó a temblar fuertemente. Por el intercomunicador escuché los gemidos de Ariel, que comenzaba a asustarse.

Los ventanales volvieron a cambiar de color a causa del rozamiento exterior. En cuestión de segundos, pasaron de ser blancos a ser naranjas. Después, conforme la temperatura exterior aumentaba, adquirieron un intenso rojo fuego. El potente fulgor rojizo parecía colarse también en el interior de la nave. Se reflejaba en todo: paredes, asientos, nuestros rostros…

Nos sumergimos en un mar de fuertes turbulencias. Los asientos daban violentas sacudidas. En aquellos momentos temí porque la brusquedad que nos castigaba acabara arrancando algunos de los asientos o generando alguna incidencia que nos condujera al fracaso. La parte trasera de la nave, al igual que en el momento del despegue, temblaba desproporcionadamente, mucho más que la parte delantera. El polvillo grisáceo no tardó en volver a inundar el ambiente. No me hizo falta ser un experto para darme cuenta de que la presión a la que estaba sometida la junta que unía la parte delantera de la aeronave con la trasera estaba a punto de quebrarla por la mitad. La situación distaba de la que habíamos vivido en el momento de despegue. Las vibraciones y temblores no eran comparables.

De pronto se abrió una grieta en dicha junta. Medía unos cuarenta centímetros. A pesar del polvo, pudimos ver cómo una lengua de fuego, que amenazaba con prender el interior, se coló por ella. Sabíamos que la grieta podía ser el inicio de una gran catástrofe. Si aumentaba de tamaño la nave no aguantaría, se partiría en dos.

Mientras tanto los ventanales parecían fundirse. A causa del tremendo calor, los espesos paneles adyacentes empezaban a adquirir el mismo color rojizo. En ese preciso instante sentí una fuerte punzada en mi cuello, concretamente en la zona de mi *thoughtchip*. Un pinchazo casi insoportable seguido de un fuerte calambre casi me hizo perder el sentido. Por suerte el dolor no duró mucho.

La lengua de fuego permanecía muy cerca de Ariel, que gritaba y lloraba asustada mientras luchaba por distanciarse del calor.

Éramos una gran incandescente bola de fuego, a punto de fragmentarse.

PENTAPUERTO G23

La grieta del techo siguió aumentando poco a poco. También el fuego que se introducía por ella. Pensé que era el fin. Ariel estaba muy cerca de las llamas.

Justo cuando estaba a punto de desabrocharme las sujeciones para ir hacia ella, un fogonazo blanco y brillante se materializó en el exterior del ventanal frontal. Su intensidad me paralizó. No entendía qué había ocurrido. A partir de ese momento, la bola de fuego que envolvía la nave desapareció. Los ventanales, poco a poco, fueron adquiriendo su normalidad. La brusquedad del viaje desapareció. Habíamos traspasado la atmósfera.

Observamos la zona de la Tierra que nos veía llegar. Era el Golfo de Alaska.

Akier encendió la nave, frenó y equilibró el vuelo en paralelo. Después mantuvo una velocidad constante. Uno de los monitores indicaba que volábamos a diez mil metros.

—¡Un momento! —dije alarmado— ¡Si no cerramos la grieta entrará la radiación!

Tras buscar a su alrededor, Akier puso a mi disposición la pistola de sellado *DEIN*. Él tenía que seguir pilotando. Sin perder ni un solo instante, la cogí y fui hasta la grieta. Para alcanzarla me subí al respaldo de uno de los asientos de la primera fila. Tras comprobar que el calor que perduraba en la zona derretía la masilla *DEIN* regresé a la mesa de mandos. Y cogí los dos trapos con los que anteriormente se había limpiado la sangre esparcida. Volví hacia la abertura, los introduje en ella, y el amasijo de sangre emplastada que había en ellos, hizo el resto. El problema de la radiación había sido solventado.

Nuestro vuelo mantuvo dirección oeste, con una ligera inclinación hacia el sur. Mientras bajo nosotros observábamos el relieve de los primeros países de Europa del Este, Akier, paulatinamente, acortaba distancias respecto al terreno. Cada vez volábamos más bajo. Aun así seguíamos sin ver nada interesante. Ninguna cúpula bajo nuestro recorrido.

Nuestro rumbo nos llevó hasta Italia. Y allí, solitaria, sobre una gran extensión desértica que cubría la zona donde antiguamente había existido la ciudad de San Marino, vimos la primera cúpula. Ariel se acercó hasta nosotros para verla. Los dos la miraban atónitos. Mentiría si dijera que yo ya estaba acostumbrado a verlas. Desde las alturas parecía un inmenso iglú transparente, que encerraba mucha actividad en su interior.

Seguimos volando sobre el Mediterráneo. Después llegamos a la Península Ibérica. La costa de Barcelona nos recibió.

Para consumir el tiempo, Akier tuvo que dar una vuelta más a la Tierra. Pero primero realizó una pasada de reconocimiento sobre la cúpula de *Nueva Villalva*.

Durante la travesía, protegiendo los Estados que confinaban, divisamos más cúpulas.

Tras dar una vuelta completa a la Tierra, nos encontramos de nuevo sobre el Mediterráneo. Escuchamos la voz de Kevin:

—Akier ¿me recibes?

—Te recibo.

—¿Dónde os encontráis?

—Sobre el Mediterráneo. En breve entraremos a la península por Barcelona.

—Estupendo. Lo tengo todo controlado y despejado.

—¿Nos abrirás tú el paso de materia? —preguntó Akier.

—No te preocupes por eso. Lo abriré cuando os tenga en mi radar. Cuando entréis, descended rápidamente hacia el *pentapuerto G23*. Recordad que el único que puede abrirlo es Álex, utilizando su *thoughtchip*. Entrad en él y aterrizad vuestra nave allí.

Tras una serie de indicaciones, seguimos acercándonos a *Nueva Villalva*.

Akier frenó y maniobró sobre la cúpula. Débilmente, empezamos a distinguir la aglomeración de edificaciones cilíndricas bajo su transparencia. El vehículo se aproximó al campo de energía que envolvía la ciudad. La nave se quedó flotando a pocos metros del liso y exótico techo, que ligeramente se arqueaba convexamente hacia el horizonte. El gran manto cóncavo se extendía hasta donde nuestras miradas eran capaces de ver. Estábamos tan cerca que comenzamos a distinguir muchos de los elementos que había al otro lado: edificios, hologramas de gran tamaño, aparatos voladores… Ariel y Akier se acababan de encontrar de frente con el futuro.

Akier mantuvo una distancia prudente. Se ubicó y empezó a buscar el paso de materia.

Llegamos al punto donde debía estar el paso, y nada se abría bajo nosotros. Muy cerca de nuestra posición, el campo de energía de la cúpula decaía en busca de Tierra firme. Los lindes de la ciudad estaban próximos.

—Creo que es allí —nos alertó Ariel señalando por el ventanal derecho de la nave.

Nuestras miradas obedecieron su indicación y comprobamos que tenía razón. Un gran agujero parecía formarse a unos doscientos metros de nuestra posición. Kevin acababa de abrirlo para nosotros. Akier maniobró rápidamente y condujo el aparato hacia allí. Una especie de aro negro delimitaba el borde del paso de materia. Nos introdujimos por él. Tan pronto como pasamos, el aro disminuyó velozmente su tamaño, hasta cerrar sobre nosotros el agujero.

Habíamos conseguido llegar a *Nueva Villalva*, el Estado de la publicidad, el comercio y el consumismo.

Justo bajo nuestra posición se encontraba la gran extensión que conformaba *New Flights*. Bajo nosotros un mar de *pentapuertos* tomó protagonismo. Más allá, podía divisarse también el gran polígono industrial de *Nueva Villalva*. Al otro lado se extendía el resto de la ciudad. Los colores, las luminiscencias, las pantallas flotantes y hologramas publicitarios la colapsaban, sobre todo, los espacios restantes entre las altas edificaciones cilíndricas.

Para evitar ser vistos, ya que el aspecto de nuestra nave era muy llamativo, Akier descendió lo más rápido que pudo hacia los *pentapuertos*. No obstante, varios androides del tamaño de una cabeza humana, muy parecidos a los *Q2h33* volaban cerca. Nuestra presencia no pareció alterarlos. Siguieron a lo suyo. Alrededor del área de los *pentapuertos* se alzaban edificaciones de mayor altura.

No nos llevó mucho tiempo hallar el *pentapuerto G23* entre la extensa área de pentágonos. Las letras y números nos facilitaron la búsqueda.

En ese momento realicé la función para la que me necesitaban. Solicité la apertura del *pentapuerto* mediante mi *thoughtchip*. Cuando lo hice volví a sentir un fuerte pinchazo bajo la piel de mi cuello. Después un calambrazo. El *pentapuerto* no se abría. Tuve que volver a intentarlo. El dolor me atacó de nuevo. Algo en mi *thoughtchip* no iba bien. A pesar del dolor que recibía cada vez que lo hacía, seguí intentándolo. Quería evitar que alguien nos viera. Por suerte, al final se abrió, y una intensa luz emanó de su interior. El cuello me ardía.

Akier, cuidadosamente, colocó el vehículo en la posición idónea, para introducirlo entre las cinco paredes del *pentapuerto G23*.

—¡Ya os veo! ¡Os tengo! —Kevin volvió a abrir comunicación— mirad hacia abajo, al fondo del *pentapuerto*.

Al hacerlo le vimos, moviendo ambos brazos, junto a los dos potentes focos que iluminaban el interior del *pentapuerto*. Todavía estábamos a unos cuarenta metros del fondo.

Con sumo cuidado, manteniendo las distancias, la aeronave siguió descendiendo.

Más tarde tomamos contacto con el fondo: una plataforma pentagonal, que permanecía un par de metros por encima del suelo del *pentapuerto*.

Cinco grandes hangares nos rodeaban. Cada uno estaba situado en el centro de las cinco paredes que nos confinaban. De forma automática, la compuerta de uno de ellos, concretamente del que teníamos enfrente comenzó a abrirse, de abajo a arriba. Después la plataforma que mantenía nuestro vehículo se desplazó hacia el frente, introduciéndonos en el hangar.

—La nave estará segura aquí —nos comentó Kevin mediante el sistema de comunicación, que a pesar de nuestra relativa cercanía todavía nos mantenía enlazados— Todo indica que vuestra entrada ha sido un éxito, que habéis pasado desapercibidos.

Una vez apagados los motores nos desabrochamos las sujeciones. Ariel me abrazó, tal y como me prometió. Por un lado sentimos tranquilidad por haber llegado y por otro, la muerte de nuestro amigo nos mantenía en estado de shock.

Akier fue hasta el cuerpo inerte de Edgar y se despidió de él. Al verlo no encontró consuelo, y sus lágrimas brotaron sin control.

La primera parte de la misión, la más complicada, estaba realizada.

UNA NAVE DESCONOCIDA SOBRE LOS PENTAPUERTOS

Kevin entró en el hangar. Desde fuera de la aeronave, nos hizo una seña para que le abriéramos.

—No me puedo creer que este trasto os haya traído hasta aquí desde tan lejos —nos dijo nada más entrar — ¡La leche! ¡Menuda antigualla, y cuánta suciedad!

Nadie le hizo caso. Nuestra atención recaía en Alexo. Al ver su estado utilizó su intercomunicador para llamar al médico:

—Kilian, necesito que vengas al *23G*. Hazlo sólo. Ya están aquí.

Mientras esperamos la llegada del médico, contamos a Kevin todo lo que nos había sucedido durante el viaje. Le mostramos el cuerpo sin vida de Edgar, las muestras de *biomo*, los apagados *nírios*, que comenzaban a recomponerse tras el estrés que habían sufrido, y el destrozado cuerpo del *úrsago*.

Llegó el médico. En un amplio maletín portaba sus medicinas y aparatos. A pesar de que todo apuntaba a que sabía quiénes éramos y de dónde veníamos, cierto asombro se reflejaba en su cara.

Nada más entrar, centró toda su atención en Alexo. Tras pincharle un analgésico, lo escaneó con un pequeño aparato que enseguida nos transmitió un diagnóstico. Nuestro compañero tenía dos costillas rotas. Una de ellas le estaba perforando el pulmón. También tenía una pierna fracturada y una fuerte contusión en la cabeza.

—Necesita ser operado de urgencia —nos informó Kilian.

—Pero *sin thoughtchip* nadie va a operarle, por lo menos dentro de la empresa—intervino Kevin—. Tendrás que hacerlo tú.

—No estoy capacitado para eso —le contestó.

Kilian tuvo una idea:

—Adelanta tu cita con Ayara. Tienes que contarle cuanto antes quien es esta gente, y la situación en la que han llegado. Sólo de esa forma mandará operar a este hombre. Si no… morirá.

A Kevin no le quedó más remedio que aceptar la idea del médico y adelantar parte de su plan. Deseaba salvar la vida de Alexo. Sin dejar pasar más tiempo, volvió a utilizar su intercomunicador para llamar a su amiga Jessy, una de las secretarias personales de Ander Ayara.

Sin que nosotros lo supiéramos, Kevin había establecido una pequeña red de apoyo que nos ayudarían con el plan que él había ideado. Aunque él confiaba en Jessy y sabía que estaba capacitada para conseguirle una cita con Ayara, dudó de que pudiera conseguirla con urgencia. Pero no tuvo más remedio que intentarlo.

Akier, Ariel y yo permanecimos muy atentos a la conversación. Mientras tanto, Kilian entablilló la pierna de Alexo y le colocó un corsé para que pudiéramos moverle sin agravar sus lesiones.

Jessy aceptó el peso de la situación: llamaría con urgencia a su jefe e intentaría conseguirle ese encuentro.

Después de que, pasados unos minutos, Jessy volviera abrir

comunicaciones con Kevin para comunicarle los resultados de su petición, este nos animó a seguirle:

—Acompañadme. Os tengo preparada una estancia. Jessy me ha dicho que hoy Ayara está muy ocupado. Pero que en cuanto tenga un hueco mantendrá esa reunión conmigo. Mientras tanto, voy a alojaros cómodamente en nuestras instalaciones. Os vendrá bien un descanso. Sobre todo a Alexo. Mientras tanto, dejaremos todo esto aquí, tal cual. No podemos hacer otra cosa —Kevin señaló los *nírios*, las muestras de *biomo*, a Edgar...— pronto le daremos un entierro digno.

Entre Akier, Kilian y yo cargamos con Alexo. Bajamos de la nave y salimos del hangar. Justo al lado de la gran puerta había otra de tamaño normal. Era un ascensor. Kevin utilizó su *thoughtchip* y la puerta se volatilizó, desapareció, ofreciéndonos paso. Cuando entramos, reapareció a nuestras espaldas. El habitáculo del ascensor era un poco pequeño para seis personas.

Kevin le ordenó al ascensor que ascendiera hasta la planta diecisiete. Ante nosotros apareció un holograma que nos mostró los números de planta según ascendíamos. Ariel y Akier no salían de su asombro. A pesar de que en otras ocasiones me habían oído hablar de todo aquello, de esa sofisticada tecnología, seguían sin dar crédito.

Salimos del ascensor en la planta diecisiete. Aparecimos frente a una gran sala en la que, entre un par de plantas decorativas, tres columnas y varios sillones futuristas, únicamente había dos empleados de mantenimiento. Parecía ser una sala de espera. Uno de ellos manejaba gráficos en un holograma y el otro instalaba una serie de sensores en la zona baja de la pared de cristal que teníamos al frente. A través de ella, como si se tratara de una ventana convencional, se observaba el exterior: parte de la extensión de los *pentapuertos* y los edificios de su periferia. Al contrario del momento de nuestra llegada, el área permanecía muy activa. Todo tipo de naves, androides y aparatos voladores inundaban el espacio aéreo de *New Flights*. Desde allí las vistas eran majestuosas.

Nuestra extraña aparición llamó la atención de los operarios. Especialmente la de Karl, que comenzó a buscarnos con la mirada entre las columnas de la sala. Por un momento dejaron sus tareas, y nos miraron extrañados.

—¡Eres el pequeño Kevin! —exclamó Karl en voz alta— ¡Cuánto tiempo! ¡Cómo has crecido, chico!

Kevin hizo un esquivo entre una de las columnas que se interponían para evitarle.

—Espera… ¿Qué sucede? ¿Quién es esta gente? —prosiguió Karl antes de que Kevin empezara a hablar. Nuestro aspecto, las vestimentas que llevábamos y la extrañeza que despertábamos en ellos lo bloquearon durante unos segundos— ¿Qué le ocurre a ese hombre? ¿Dónde lo lleváis? —se animó a preguntar tras un momento de incertidumbre compartida.

No supimos o no pudimos disimular. Nuestros rostros hablaban por sí solos. En ellos se podía leer claramente que llevábamos entre manos algo serio, comprometido, y que no queríamos contar. A pesar de ello Karl siguió escudriñándonos con la mirada. Al ver la ropa de Akier embadurnada de sangre comenzó a retroceder.

—Sea lo que sea no lo quiero saber. ¡Menudo panorama! ¡No quiero meterme en líos! —dijo alertado por la situación— Suerte con lo que estéis… eso… quiero decir… adiós —y con la intención de distraer a su compañero, antes de que comenzara a fijarse en lo extraño de la situación, se acercó hacia él—. Peter, ayúdame a comprobar que los sensores que he instalado funcionan. Ven a probar el variador de imágenes— dijo para protegernos.

Durante unos segundos presenciamos la escena:

Karl había instalado unos sensores que variaban la imagen que aparecía en la pared acristalada de enfrente. Unos dispositivos cuya función era crear en ella una imagen tridimensional que simulaba un falso exterior. La calidad de las imágenes era tan grande que era muy difícil distinguir el exterior real de una imagen cualquiera recreada por el ventanal. Digo «recreada», porque el cristal creaba imágenes de uno u otro tipo a partir de lo que le transmitían los sensores. Los sensores captaban la energía que desprendían los pensamientos de la persona más próxima a ellos. Los sensores estaban programados para interpretar los estados de ánimo de cada uno, a partir de las señales que les mandaban los *thoughtchips,* para recrear un exterior ficticio acorde para ese pensamiento o estado de ánimo.

—Acércate hasta aquí y piensa algo —le ordenó mientras terminaba de activar la pared de cristal.

Tan pronto como Peter se aproximó, el exterior se desvaneció y apareció una escena totalmente diferente. Parecía tan real como la anterior. Un desierto solitario, frío, y sumergido en una oscuridad terrible se dejó ver a través del gran ventanal. Al fondo se aproximaba una tormenta eléctrica de gran magnitud. Decenas de rayos en la lejanía y un horizonte turbio a causa de la lluvia, hubieran hecho temer por su vida a cualquiera que hubiera estado realmente en ese lugar. Hasta el propio Karl se asustó.

—¡¿Qué demonios?! ¿Se puede saber en qué piensas?

—Me has pedido que piense en algo, y …

—Pobre de ti, lo de tu cabeza no tiene remedio —bromeó.

A pesar del estrés que también estaba viviendo, Ariel sonrió al escuchar el último comentario de Karl. No dimos crédito ante tal espectáculo. Al menos, la escena hizo que liberáramos tensiones.

—Vamos. Sigamos nuestro camino, y dejemos a este par de… —nos dijo Kevin sin saber cómo terminar.

Seguimos caminando hacia la derecha. De pronto la sala se convirtió en un corto pasillo que desembocó rápidamente en otra sala similar a la anterior. La ubicación de las columnas y las plantas decorativas era diferente a la sala de la que proveníamos, pero en lo demás era casi idéntica, excepto porque había un mostrador. Una chica permanecía sentada al otro lado.

De camino al mostrador, la chica que había tras él, y que ya nos miraba, nos guiñó el ojo.

—Hola Jessy —dijo Kevin—. ¿La tienes preparada?

—Sí, habitación veintiuno —le contestó ella mientras se levantaba de su silla y le apuntaba con una especie de escáner, que instaló en su *thoughtchip* el pase de dicha habitación.

—Gracias por todo Jessy, te debo una —le contestó Kevin, al mismo tiempo que le correspondió con otro guiño.

Nuestra travesía por las instalaciones prosiguió dejando atrás el mostrador y la sala en la que se encontraba la chica. Las paredes del pasillo por el que caminábamos eran de metal. El suelo blanco, pulcro, permanecía iluminado. Una misteriosa luz provenía de su interior. De todas partes. Aquella luz nos dejaba ver los detalles más pequeños del pasillo.

Pronto nos encontramos con las puertas de las primeras habitaciones. Seguimos caminando para alcanzar la nuestra. Un impreciso movimiento, un paso mal acompasado de Akier, hizo retorcerse de dolor a Alexo.

La sorpresa se presentó ante nosotros justo al llegar a la puerta de la estancia que habían preparado para ocultarnos momentáneamente. Cuando Kevin estaba a punto de abrir la puerta de la estancia número veintiuno vía *thoughtchip,* se quedó paralizado. Un mensaje comenzó a reproducirse automáticamente en su intercomunicador:

—Este mensaje está siendo difundido por el departamento de seguridad de *New Flights* y va dirigido a todos los que escucháis —Ante la importancia del mensaje, Kevin activó el altavoz exterior de su aparato, para que todos pudiéramos oírlo—. Nuestros sistemas de grabación han visto, hace aproximadamente cuatro horas, cómo una nave desconocida sobrevolaba los *pentapuertos.* Creemos que puede haber aterrizado en alguno de ellos. Para sumar misterio al caso, os comunicamos que esa aeronave ha venido del exterior de la cúpula. Por lo tanto, puede estar contaminada. No conocemos más datos al respecto. Simplemente, que al no ser un aparato de *New Flights,* alguien, desde dentro, debió abrirles el paso de materia. Con este mensaje pedimos colaboración y ponemos en sobre aviso a todos los trabajadores de *New Flights.* Pronto daremos con la nave intrusa y sus supuestos tripulantes. Nuestros *Q2h50* están sobrevolando los *pentapuertos,* tratando de encontrar la nave que ha violado nuestro espacio aéreo. También se ha desplegado por las instalaciones un gran número de androides *Z3* que llevarán a cabo un registro intensivo para intentar encontrar personas ajenas en el complejo. Si saben algo, no duden en contactar con nuestro departamento. Extremen las precauciones, pues cabe la posibilidad de que se trate de gente *sin thoughtchip.*

Nuestras caras reflejaban lo que aquello suponía, nuestros cuerpos se paralizaron por completo. La situación a la que teníamos que enfrentarnos nos estremeció.

SUITE 21

Los androides *Z3* eran los robots más sofisticados e inteligentes de *New Flights* después de los *astroboots,* que tan sólo se utilizaban en misiones espaciales. Los *Z3* tenían una fisonomía humana, siendo un poco más altos y corpulentos que nosotros. Eran de una aleación similar al carbono, blancos y con detalles negros. Su cabeza, o mejor dicho la parte que la simulaba, era blanca. Como rostro poseían un cristal negro, translúcido, con puntos luminosos en su interior que simulaban los ojos y la boca. Estas luminiscencias se movían y cambiaban de forma cuando hablaban, tratando de simular las facciones humanas. Los *Z3* eran rápidos, ágiles y ligeros de peso. Aunque realizaban multitud de tareas dentro de la empresa, las dos cualidades por las que eran especialmente conocidos e importantes eran las siguientes: por un lado los *Z3* estaban diseñados para ejercer de pilotos automáticos en todas las naves de *New Flights*. Ningún vuelo se realizaba sin al menos uno de ellos. Y por otro lado, eran expertos en el psicoanálisis humano. Tenían la capacidad de entablar conversaciones con los empleados, entender la reacción de las personas y empatizar con ellas, reconocer el estrés y ansiedades. Por ello eran capaces de saber quién mentía.

Después de aquella pequeña parálisis grupal que provocó el comunicado que acababa de reproducir el intercomunicador de Kevin, este mismo abrió la estancia mediante su *thoughtchip*. Nada más entrar a la lujosa habitación, la voz de la suite nos dio la bienvenida. Un fragmento de suelo rectangular comenzó a elevarse hasta convertirse en una sofisticada mesa. Junto a la pared, el suelo hizo lo mismo, hasta adoptar la forma de un enorme y cómodo sofá.

La estancia estaba dividida en tres particiones. La del centro era una sala de estar común. Aunque las otras dos guardaban un aspecto similar a la sala central, se podía ver claramente que servían para el descanso.

Lo primero que hicimos fue llevar a Alexo a una de estas habitaciones de descanso. En ella Kilian utilizó su *thoughtchip* para hacer que surgiera una cama de una de las paredes. Entre todos, excepto Kevin que seguía en la sala principal, acomodamos a Alexo suavemente sobre ella. Acto seguido, Akier, Ariel y yo volvimos junto a Kevin. Kilian, como buen médico, se quedó atendiendo a su paciente.

Kevin permanecía inquieto, trataba de hallar una solución al problema que nos acababa de abordar. Mientras, Ariel y yo intentábamos descansar sobre el reconfortante sofá. Esperábamos nuestro turno para entrar en la ducha, pues Akier fue el primero en entrar en ella. Era el que más la necesitaba, tras el sangriento episodio que vivió mientras pilotaba la nave.

Entramos en esa peculiar ducha cuando nuestro compañero acabó. Nada parecida a lo que conocéis. La estancia puso a nuestra disposición unos ajustados trajes azules, idénticos al que vestía Kevin y Kilian. Su material estaba preparado para mantener la temperatura corporal idónea, en cualquier lugar y circunstancias. Al ponérmelo sentí su elasticidad. Me sentí muy cómodo y ágil con él. A pesar de que para Ariel habían pasado veinte años, su traje resaltaba la bella figura de mujer que Kepler le había ayudado a conservar.

Kevin ordenó algo a su *thoughtchip*. La mesa comenzó a descender paulatinamente hasta esconderse bajo el suelo. Medio minuto después volvió a emerger repleta de comida. La mayoría de los alimentos eran desconocidos para mí. Los escasos recursos de la Tierra habían obligado a las personas a crear comida sintética. Rápidamente nos acercamos a ella con la intención de comer algo. Llamamos a Kilian para que también acudiera. En vez de comer, Ariel se recostó en el sofá. Interesado por ella y extrañado porque no tuviera hambre, me acerqué hasta ella. Ariel tenía nauseas.

—Qué fuerte huele todo —se quejó al mismo tiempo que se palpaba la barriga.

Mi olfato no percibió nada.

La palidez de su cara y su bajo estado de ánimo indicaban que algo le ocurría. En aquel momento no entendíamos a qué se debía aquello. Pensé que los nervios, el viaje, el estrés sufrido o el cansancio podían ser los causantes de su malestar.

—Cuando se solucione esto, le pediremos a Kilian que te examine —le dije.

Me abrazó. Después se encogió y se acomodó recostando su cabeza sobre mis piernas.

Mientras Kilian y Kevin comían algo, intentaban solucionar el problema que se nos había planteado:

—Si pudieras hablar con Ayara en este preciso momento, desde aquí, podrías contarle todo esto antes de que... — le dijo Kilian.

—Contar una historia así por el intercomunicador nunca funcionaría. No me creería —le respondió.

De repente Jessy interrumpió el diálogo:

—¡Atención, dos *Z3* acaban de pasar por delante de mi

mostrador! ¡Se disponen a inspeccionar todas las habitaciones de la planta!

Totalmente falto de ideas, Kevin se acogió a las últimas palabras de Kilian:

—¡Jessy, llama ya a Ayara y pásalo a mi intercomunicador! —exclamó mientras dejaba sobre la mesa el último bocado que le quedaba.

—¿Cómo? ¡No puedo hacer eso sin…!

—Tienes que hacerlo. ¡Si no lo haces esto va a acabar muy mal! —le interrumpió.

—Lo intentaré. Permanece a la espera.

Kevin se echaba las manos a la cabeza. Algo le decía que eso no iba a resultar.

Los segundos pasaban lentamente. Todos excepto Alexo, que al otro lado de la pared descansaba sobre la cama, permanecíamos en total silencio esperando que algo ocurriera. Kevin activó el altavoz exterior de su intercomunicador.

—Kevin —escuchamos decir a Jessy— lo tendrás en línea en cinco, cuatro, tres, dos... —a continuación, la voz de Jessy desapareció.

—¿Jessica? ¿Qué sucede, porque me llamas sin avisa…? —contestó Ayara. Kevin le interrumpió.

—Escúcheme, no soy Jessica. Y no cuelgue, se lo ruego.

—¿Cómo?

—Soy Kevin Kingsley, controlador aéreo 301. Quiero contarle algo referente a la nave intrusa.

—Le escucho —pronunció seriamente.

—Hace tiempo tomé contacto con una antigua nave que formaba parte de una misión secreta de Manuel Sánchez, el antiguo jefe de *Flights S.L.*

—No hace falta que me explique… Sé muy bien quién es Manuel. Por favor, continúe —le interrumpió exigiéndole un mensaje claro y conciso.

—Hace más de doscientos años Manuel descubrió un planeta en el que podíamos vivir e incluso alargar nuestras vidas hasta los seiscientos años, y lo mantuvo en secreto. Tras el gran terremoto mandó allí alrededor de unos cien de sus empleados. Lo que quiero decirle brevemente, es que la nave que llegó a dicho planeta se puso en contacto con mi puesto de control hace algún tiempo, pidiéndome ayuda. En ese planeta existen algunos problemas.

—Pero… ¿Qué está diciendo…?

—¡Le juro que le digo la verdad! Es muy importante que me crea.

—Le doy una oportunidad más. ¡Vaya al grano!

—Un grupo de esa gente está aquí, conmigo. La nave intrusa es suya. Yo les abrí el paso de materia.

Pasaron los segundos. Allí tan solo había un silencio sepulcral. Incluso dudamos de que Ayara siguiera al otro.

—¿Oiga? Diga algo. Estoy en la suite 21, del *pentapuerto G23,* los *Z3* están a punto de entrar y… —la situación empezaba a desquiciar a Kevin— ¡Tiene que detenerlos! ¡Necesito hablar con usted! —acabó perdiendo los nervios.

—No se muevan de ahí —fue lo último que pronunció antes de cortar la comunicación.

—¿Qué se supone que va a pasar ahora? —nos preguntó Kilian.

Pero ya era tarde para que alguno de nosotros respondiera a eso. Dos *Z3* entraron por la puerta.

—Hola, esto es una inspección de seguridad —nos alertó uno de ellos nada más entrar.

Su metálica voz era muy similar a la humana.

—Colocaos aquí formando una fila —nos ordenó señalando un lugar despejado de la estancia, junto a la entrada— mi compañero comprobará sus *thoughtchips*. Después nos iremos.

Lentamente, Akier, Kevin. Kilian, Ariel y yo nos pusimos en el lugar indicado. El *Z3* que nos acababa de dar la orden se apartó de nosotros para dejar paso a su compañero, y se marchó a inspeccionar el resto de la estancia. Parecía ir escaneando todo a su paso. Su mirada realizaba lentos y minuciosos barridos por paredes, techo, mobiliario… De repente, a pesar de haber una pared de por medio, descubrió a Alexo. Su escáner, o cual fuese la tecnología que estaba utilizando para inspeccionar la estancia, pareció mostrárselo muy claro. Porque justo en ese preciso instante acrecentó el ritmo de sus pasos hacia su posición.

Akier, Ariel y yo, al unísono, al presenciar el brusco movimiento del *Z3* en dirección a donde se encontraba Alexo, reaccionamos impulsivamente para acudir en su ayuda, pues desconocíamos que el *Z3* se había movido con la única intención de velar por nuestro compañero, ya que otra característica de los *Z3* era que estaban programados para proteger la vida humana y atender a cualquier persona herida que se encontraran.

—Tranquilos, mi compañero se encargará. Colocaos aquí —el otro robot nos detuvo y nos volvió a poner en fila lateral.

Estábamos muy juntos unos de otros, como si de una fila militar se tratara. Nuestros hombros se rozaban entre sí. El *Z3* se posicionó ante Kevin, que estaba situado en uno de los extremos. A continuación, para escanearlo, se inclinó ligeramente hacia él y leyó su *thoughtchip*. El robot enseguida lo reconoció como controlador aéreo y comprobó que su *thoughtchip* cumplía con la normalidad, hecho que hizo que las luminarias de su rostro simulado pasaran a ser verdes durante unos segundos. Tras evaluar su estado de ánimo le preguntó:

—¿Por qué estás nervioso?

—No lo estoy —le contestó Kevin.

—Mientes —Entonces las luces del rostro del *Z3* se volvieron rojas al mismo tiempo que adoptaron una expresión enfadada.

El *Z3* pasó a Kilian, que era el siguiente de la fila. Hizo algo similar con él, aunque esta vez, sin mediar palabra. El escaneo comprobó que todo estaba correcto en él. Durante unos segundos volvieron a aparecer luces verdes en el rostro del robot. A continuación llegó mi turno. Antes de comenzar, el robot me miró fijamente. Entonces al apreciar detalladamente los puntos luminosos bajo la negrura del cristal de su cara, quedé impresionado. Unas pequeñas luces que ya habían adquirido su color natural delineaban ojos, cejas y boca.

Justo en el preciso instante en que trató de leer mi *thoughtchip* sufrí de nuevo un fuerte pinchazo en el cuello, idéntico al que sentí durante mi entrada en la atmósfera. Después vino un calambre. Algo parecía ir mal. Aunque el robot seguía intentando conectar con mi *thoughtchip*, no podía. Se acercó todavía más. Me escaneó otra vez. Al no percibir señal alguna, las luminarias de su rostro pasaron a ser de un rojo intenso, y sus facciones irreales mostraron cierta confusión. Al final desistió, entendiendo que no poseía un *thoughtchip*. Su mirada penetrante me intimidó. ¿Por qué el *Z3* no lograba conectar con mi *thoughtchip*? ¿Tendría algo que ver el dolor que acababa de volver a sentir?

De pronto el *Z3* perdió su interés en mí. Pasó a ser el turno de Ariel. Al contrario que conmigo, el robot necesitó muy poco tiempo para determinar que Ariel tampoco poseía el *thoughtchip*. Sus luces volvieron a ser rojas. A continuación el *Z3* realizó un extraño movimiento que nos puso alerta. En vez de pasar al siguiente de nosotros, algo en Ariel llamó su atención. El androide se agachó, y acercando su mano al vientre de Ariel procedió a escanear su interior. Tras esa acción, y sin decir nada al respecto, pasó al siguiente y último de nosotros. Cuando acabó de evaluar a Akier, dijo:

—¡Están todos detenidos!

En ese mismo momento la puerta de la suite se abrió. Ander Ayara y el encargado de la seguridad de *New Flights* entraron por ella. Detrás de ellos, cuatro agentes de seguridad y cuatro *Z3* se unieron a la fiesta.

La actividad de la estancia se intensificó.

CONFIDENCIAL

Ayara se dirigió al *Z3* que nos acababa de analizar. Este le puso en conocimiento de que tres de nosotros carecíamos de *thoughtchip*. También le comunicó algo sobre Ariel, que no llegué a entender.

—¿Quién de vosotros acaba de hablar conmigo? —preguntó.

—Yo —contestó Kevin rápidamente.

Ayara no creía nada de lo que Kevin le había contado sobre nosotros.

—¿Alguien más os ha ayudado a introducir esta gente aquí? —preguntó mirando a Kevin y a Kilian.

—No.

—¿Dice la verdad? —le preguntó al *Z3* más cercano a nuestra posición.

—Miente.

Ayara se lamentó. A pesar de confiar plenamente en ella, sabía que sin la ayuda de Jessy no podrían haber entrado en la suite 21.

—Los llevaremos a otro lado para interrogarles—le dijo al encargado de seguridad.

El grupo formado por seis personas y cinco robots nos llevó a otra sala. Aunque estaba totalmente vacía, en ella encontramos un fuerte contraste de luminosidad. Un foco de luz iluminaba el centro de la misma, mientras que una densa penumbra reinaba más allá, lo que impedía ver las paredes y las proporciones de la sala. En ella, Ayara pretendía resolver sus dudas respecto a nuestra situación. Hasta entonces, ordenó a uno de los *Z3* que se quedara con Alexo.

Nada más entrar, Ariel casi vomita. Volvió a sentir nauseas.

—¿Cariño qué te ocurre?

—No es nada —contestó para no preocuparme. Pero su instinto de mujer le hacía relacionar sus síntomas con el extraño movimiento que había realizado alrededor de su vientre anteriormente el *Z3*. En su interior algo le hacía pensar que quizás estaba embarazada. Se acordó del encuentro amoroso que tuvimos bajo el árbol de pétalos rojos. Pero por otra parte, sabía que eso no era posible.

En el interior de la sala nos volvieron a colocar en una fila lateral. Uno al lado del otro, mirando hacia ellos. Delante de cada uno de nosotros, a escasos centímetros, se colocó un *Z3*. Los cinco *Z3* parecían dispuestos a analizarnos otra vez. Ander Ayara, el encargado de seguridad y sus hombres, permanecían a escasos metros de nosotros, casi fuera del foco luminoso que nos daba protagonismo ante ellos.

Entonces, Ayara, que seguía pensando que éramos unos pobres *sin thoughtchip*, inició las preguntas:

—¿De qué va todo esto? ¿Dónde habéis escondido la nave en la que habéis venido?

—En el hangar 5 del *pentapuerto G23* —contestó Kevin.

Tras esa respuesta, las luminarias interiores que simulaban el rostro del *Z3* que tenía enfrente, a escasos centímetros, cambiaron de azul a verde.

—Dice la verdad —dijo el robot.

Enseguida entendí la función que iban a desempeñar los *Z3* tan cerca de cada uno de nosotros. Se acababa de iniciar un duro e intenso interrogatorio.

—Muy bien. Veamos… —matizó Ayara haciéndose el interesante— ¿Con qué propósito has introducido a tres *sin thoughtchip* en *New Flights*?

—No son *sin thoughtchip*.

Tras la mentira involuntaria de Kevin, las luces del rostro del robot cambiaron a rojo, anunciando la mentira.

—Miente —matizó el robot.

—Bueno… —titubeó— En realidad sí se les podría considerar *sin thoughtchip*, pero… lo que quiero decir es que no son de la Tierra, como los que denominamos así. Todo lo que te expliqué por el intercomunicador es cierto.

Esta vez, los puntos luminosos del *Z3,* anunciando una contestación verídica, pasaron a ser verdes.

—Dice la verdad —volvió a decir el robot mirando ligeramente a Ayara.

Aunque actuó con cautela, el semblante de Ander Ayara comenzó a demostrar intriga. A continuación decidió proseguir el interrogatorio con Akier.

—¿Y tú? ¿Qué pretendías hacer aquí?

—Hemos vuelto a la Tierra para pedir ayuda. Necesitamos solucionar unos problemas. Y al mismo tiempo ofrecer a la humanidad la oportunidad de vivir plenamente en otro planeta en el cual la vida es mucho mejor.

El *Z3* que Akier tenía al frente, durante unos segundos, cambió el color de sus luminarias a verde, mostrándole a Ayara que ese comentario era cierto.

Entonces se percibió un murmullo causado por los miembros de seguridad presentes.

Ayara habló para sus empleados:

—Silencio, por favor. Escuchadme. A partir de este momento me quedo a solas con esta gente y los cinco *Z3* que los están evaluando. Salid. Pero antes, quiero que olvidéis todo lo que habéis escuchado y visto aquí. Se castigará a todo aquel que difunda algo sobre las inconcluyentes manifestaciones de esta gente. El tema pasa a ser confidencial hasta próximo aviso. Pit, asegúrate de que tus hombres cumplen esto —concretó dirigiéndose al jefe de seguridad—. Hasta que te lo diga protege con tu equipo el *pentapuerto G23*.

Salieron de la sala. A continuación, tras preguntarnos de qué planeta se trataba, nos pidió que le contáramos toda nuestra historia, de principio a fin. Entre todos fuimos completándola, incluyendo en ella el problema del *biomo* y el de la procreación humana. Ayara, en ese mismo instante, mirando a Ariel y después su vientre, arqueó una ceja.

Los *Z3* seguían evaluando cada una de nuestras palabras y afirmaciones, y el rojo no aparecía en sus rostros. Gracias a ello y a la confianza que le transmitían sus robots, Ayara no tuvo más remedio que creer nuestra rocambolesca historia.

Pero a pesar de ello, había algo sobre mí que no le terminaba de encajar: ¿cómo podía ser que poseyera un brazo de última generación, si acabábamos de contarle que llevábamos doscientos dos años en Kepler? A su dilema se le sumaba el hecho de que, según el *Z3* que me examinó en la suite, yo no poseía el *thoughtchip*, lo que aún complicaba más que me hubiera hecho con mi brazo. Esto le ocasionaba dudas. A pesar de creer nuestra historia, no terminaba de confiar en nosotros.

Para cambiar esto empecé a contarle mi particular aventura. A medias, me acordé de que Manuel nos había pedido confidencialidad sobre su existencia. Por ello, cuando omití el episodio donde me volvía a encontrar con él a bordo de su estación espacial y los episodios posteriores, mi relato perdió consistencia y credibilidad. No sabía cómo continuar. Todo por serle fiel al hombre al que se lo debía casi todo. Manuel había sido una pieza fundamental en mi vida, y mi historia no cuadraba sin él. Por lo tanto, el relato que en un principio había comenzado a contar con la intención de disipar las dudas que mantenía respecto a mí, empeoró la situación. Aunque no mentí, el *Z3* captó mi inseguridad y las irregularidades en mi historia que no tardó en transmitir a Ayara.

—¿Por qué no prosigues? —me preguntó Ayara cuando detuve mi historia de forma extraña.

—Le prometí a una persona que no contaría lo que venía a continuación.

Tras mi respuesta, las luminarias del *Z3* adquirieron el color verde. Ayara pudo comprobar que mi respuesta era cierta. A pesar de ello ordenó al *Z3* que me detuviera. Mi historia, unida a las de mis compañeros, no le cuadraba. Seguía sin confiar en mí.

—¡Suéltalo! —gritó Ariel— ¡Dile que lo suelte! —repitió dirigiéndose a Ayara.

—Aunque os creo, hay algo sucio en él y que os salpica —dijo señalándome—. Con el tiempo lo descubriré. Pero… de momento, será desterrado de *Nueva Villalva* ahora mismo. Ya no me importa quién sea, o de dónde quiera que venga.

—¡Espera! —intervino Ariel justo cuando el *Z3* me separaba del grupo para llevarme— Lo que no quiere contarte Álex es que Manuel Sánchez sigue vivo en Kepler. Él fue quién lo llevó allí hace apenas once días.

Las luminarias faciales del *Z3* que examinaba a Ariel pasaron a ser verdes. El *Z3* le comunicó a Ayara que aquello era cierto.

Tras la interrupción de Ariel, Ayara me amenazó con desterrar también a Ariel si no le contaba mis vivencias tal y como fueron. A continuación tuve que dar unas cuantas explicaciones sacrificando el secreto de Manuel.

Cuando finalicé mi extenso relato, Ayara se excusó pidiéndonos perdón por su reciente comportamiento. Adoptó una postura amigable.

Justo antes de salir de la sala nos prometió que colaboraría con nosotros. Que intentaría solucionar los problemas de Kepler, para después intentar dar un paso más. Sus palabras significaban que nuestra misión seguía viva. Respiramos con alivio. Ya teníamos a Ander Ayara de nuestra parte.

TRHIVE ON KEPLER

Lo primero que hizo Ayara fue ordenar que un grupo de doctores de *New Flights* curaran y operaran a Alexo. Para sorpresa nuestra también le asignó a Ariel un doctor personal.

—¿Un doctor para mí? ¿Por qué? —intervino ella cuando nos lo contó Ayara.

—Ariel, estás embarazada. El *Z3* lo vio —le contestó.

—Eso no es posible. En Kepler…

—Le garantizo que el *Z3* no se ha equivocado —le interrumpió.

Para nosotros la sorpresa fue inmensa. Sentimos alegría e incertidumbre al mismo tiempo. Sin saber cómo, habíamos burlado la barrera de la vida en Kepler. Ariel explotó en lágrimas y yo la abracé.

A continuación nos demandó que le mostráramos la nave en la que habíamos llegado. Los cinco robots nos acompañaron.

Cuando llegamos al hangar 5 del *pentapuerto G23* vio la vieja, deteriorada y extraña nave. Quedó estupefacto.

—¿Cómo habéis conseguido crear esta…? ¡Sin duda la tecnología *DEIN* es todo un acierto! ¡Os ha salvado la vida! ¡Quizás nos la haya salvado a todos! —se respondió a sí mismo.

Una vez dentro le enseñamos las muestras que habíamos traído con nosotros. Su fascinación aumentó. Mediante un par de llamadas por su intercomunicador, demandó a un pequeño grupo de trabajadores que las llevaran a los laboratorios correspondientes. Enseguida acudió un grupo de gente que vestía los mismos trajes azules que nos había suministrado la suite. Comenzaron a guardar el *biomo* y los restos del *úrsago* en cajas herméticas. Los *níríos* se los llevaron en el interior de la misma jaula en la que estaban. Poco a poco recuperaban su luminosidad y su peculiar aleteo. Dos de ellos introdujeron el cuerpo de Edgar en un sofisticado ataúd. Al presenciar la escena, las lágrimas resbalaron incontroladamente por las mejillas de Akier. La sensibilidad que mantenía Ariel hizo que también llorara al ver el cuerpo inerte del que por unos días llegó a ser nuestro amigo. Ayara nos dio el pésame.

Ese mismo día fueron desalojados los cuatro hangares adyacentes, y el *pentapuerto G23* se cerró. Ayara sabía que lo que allí había ocurrido podía convertirse en un suceso histórico con el paso del tiempo. Si conseguían hacer que la humanidad prosperara en Kepler, el *pentapuerto G23* se convertiría en un emblema para la raza humana.

Ander Ayara se puso a trabajar en la creación de nuevos departamentos y secciones dentro de *New Flights*. Con la ayuda de sus socios más cercanos, entre miles de sus trabajadores, eligió concienzudamente a las personas que pondría al mando de cada una de las nuevas secciones que, a su vez, coordinarían el programa *Thrive on Kepler*. Sus misiones eran solucionar el problema del *biomo*, conseguir que el humano pudiera procrear en Kepler y que los humanos vivieran allí. La tecnología punta de las instalaciones de *New Flights* le facilitaron el trabajo. En un mismo día mantuvo infinidad de conversaciones y holoconferencias, con la intención de que se empezara a trabajar cuanto antes. Mientras tanto, la empresa iba a mantener su actividad habitual.

Un par de días después se dobló el personal de la empresa espacial, se habilitaron nuevos laboratorios y áreas de trabajo que anteriormente habían estado desocupados. Toda *New Flights* comenzó a trabajar intensamente para alcanzar cuanto antes las metas fijadas en el programa *Thrive on Kepler*.

Al tercer día, Ayara organizó una gran reunión de empresa en la sala de actos más grande de las instalaciones, con capacidad para casi ocho mil personas. Fue el mayor encuentro al que he asistido. Al acto asistieron todos los que de alguna manera participaban en el ambicioso programa espacial. Con él, pretendía animar y motivar a un grupo unificado por un mismo objetivo.

Sobre el escenario, citó uno por uno a los jefes de todos los departamentos del nuevo proyecto. A continuación a los científicos de la empresa que participaban, a los encargados de cada área y, por supuesto, a nosotros, que permanecíamos junto a él. El público, entregado, rompió en aplausos tras anunciarnos como las piezas clave del proyecto.

Cuando el aplauso finalizó nos presentó uno a uno, realizándonos una pequeña entrevista para que el público nos conociera mejor. Alexo permanecía en periodo de recuperación sobre su silla magnética.

Vestidos con la mejor etiqueta del momento, contamos de nuevo nuestra historia. Les describimos el hábitat de Kepler, cómo era la vida allí, cómo fue nuestro día a día, nuestra travesía espacial… Se percibía que estábamos totalmente volcados con el proyecto. Aunque lo resumimos bastante, nuestro relato cumplió con lo que Ayara pretendía: motivar, entusiasmar y cargar de energía a sus trabajadores.

Cuando terminamos la historia, Ayara prosiguió con unas palabras protocolarias. Habló de nosotros, sobre lo indispensables que éramos para el programa por el hecho de conocer y haber vivido allí. Para sorpresa nuestra, también anunció el misterioso embarazo de Ariel, y matizó lo importante que era ella para una parte del proyecto, ya que por algún motivo desconocido se había quedado embarazada en un planeta en el que esto no era posible.

Siguió contando que de momento *New Flights* trabajaría a solas y en el más riguroso secreto. Recalcó repetidas veces lo importante que era mantener el programa en secreto. Avisó de que tomaría duras medidas contra quien revelara cualquier dato fuera de la empresa, por insignificante que fuera.

Desde que la NASA comenzó a buscar un planeta sustituto tras el problema de la radiación, anunció en varias ocasiones que estipularía un "régimen dictatorial dulce" en él, si lo hallaban. En su propaganda engañosa hicieron creer a mucha gente que era necesario para empezar de cero en un lugar sin ley. Ayara sabía que había que evitar a toda costa que la NASA se enterara del hallazgo.

Todo lo que Ayara estaba explicando hubiera sido de otra manera si la gran potencia asiática, la que más Estados controlaba, hubiera tenido alguna gran agencia espacial. Hubiera sido una buena aliada, ya que sus dirigentes le daban más importancia al bienestar de las personas y la naturaleza que al poder. Pero únicamente poseían dos pequeñas agencias de viajes espaciales. También podía haberse buscado otra alternativa exponiéndole la situación a la corrompida Naciones Unidas. Pero hubiera existido un alto riesgo de fracaso. Eso sin contar que algunos miembros mantenían lazos estrechos con la NASA.

Si no queríamos que la NASA comenzara a desarrollar sus propios intereses, había que ocultar el programa *Thrive on Kepler* hasta que se formara una nueva sociedad allí, y esta marcara su propio e inviolable rumbo.

El plan que Ayara expuso a los asistentes consistía en llevar rápidamente a mucha gente allí, concretamente a todos los *sin thoughtchip* que aceptaran. El programa necesitaba tener muchas voces a su favor sobre el nuevo planeta para que se opusieran a los ideales de la NASA, cuando esta se enterara de todo. Si los *sin thoughtchip* se posicionaban de nuestra parte y decidían vivir en Kepler, nos haríamos muy fuertes. Además, era la mejor manera de recompensarles por el daño que la sociedad les había hecho durante tanto tiempo. Ayara sabía que los necesitaba, que ellos serían una pieza clave para contrarrestar los intereses de la NASA y de los líderes mundiales cuando se enteraran. Si solo viajaban los *sin thoughtchip*, los trabajadores de *New Flights* podrían seguir dedicándose desde la Tierra al programa *Thrive on Kepler* en unidad por unos ideales y un respetuoso modo de vida en un nuevo hogar. Se intentaría retrasar lo máximo posible que se filtrara al exterior el programa *Thrive on Kepler*.

Pero antes que nada había que solucionar los problemas que existían allí.

Cuando Ayara nombró a los *sin thoughtchip* me acordé de mi amigo Nerón.

Ayara animó a todo su público a trabajar con rapidez. Cuanto más rápido actuasen, más fácil resultaría mantener la misión en secreto.

Continuó anunciando detalles específicos del programa:

—Cuando solucionemos el problema con el *biomo* y con la reproducción humana crearemos una primera colonia que respetará al máximo el hábitat. Con el tiempo se convertirá en una ciudad epicentro de las futuras ciudades que establezcamos. Os presento *Green City* —detrás de nosotros apareció un holograma de grandes proporciones que recreaba una paradisiaca ciudad entre una selva, creada a partir de materiales naturales del lugar. Al verla, el público rompió en aplausos.

Más que una ciudad, me pareció un inmenso poblado tribal.

Después la imagen del holograma cambió, mostrando diseños y recreaciones de grandes naves espaciales. Ayara prosiguió:

—La nueva generación de naves espaciales que desarrollaremos para el proyecto facilitará nuestro contacto con Kepler —sus tamaños variaban— Además, las *FastHulk* tendrán capacidad para transportar a más de setecientas personas en cada viaje.

Más adelante, utilizando los hologramas, siguió presentando nuevos aparatos y herramientas.

Los casi ocho mil asistentes volvieron a aplaudir.

Al final del acto anunció que nosotros cuatro íbamos a ser los primeros en ir a Kepler. Nosotros éramos los encargados de realizar la primera prueba de replantación del *biomo* manualmente. Dado nuestro conocimiento del lugar y el contacto que ya habíamos tenido con Kepler, no había nadie mejor que nosotros, para realizar esa tarea. Pero dicho viaje no se realizaría hasta que no se obtuviera una solución en los laboratorios. Al escuchar aquello, Ariel, Akier, Alexo y yo nos miramos. ¿Lograrían hallar soluciones? ¿Cuánto tiempo tardarían? Nosotros queríamos volver cuanto antes.

Ese comunicado me hizo pensar. Desde que me había acordado de Nerón, no podía sacármelo de la cabeza. Si tan importantes éramos para el proyecto, si jugaba bien mis cartas podía beneficiarme.

Los *Z3* organizaron a los asistentes para que abandonaran ordenadamente el grandioso salón de actos. Akier, Alexo, Ariel, Ayara y yo nos quedamos sobre el escenario unos minutos, hasta que la sala quedó vacía.

—Perdonad que no os haya comentado que iba anunciar lo del embarazo y lo de vuestra misión de replantar las primeras semillas de *biomo* que obtengamos —se disculpó Ayara.

—No pasa nada —contestó Ariel.

—No lo haremos —intervine jugando mis cartas, intentando sacar algo a mi favor.

Las caras de mis compañeros, sobre todo la de Ariel, fueron dignas de enmarcar para el recuerdo, pues querían volver a Kepler cuanto antes.

—¿Cómo? ¿Por qué? —respondió Ayara con asombro— Nadie mejor que vosotros… habéis vivido allí.

—Lo que quiero decir es que solo lo haremos a cambio de algo —expliqué aprovechando la clara ventaja que poseía.

—Cuéntame qué quieres y lo haré si está en mi mano —me contestó.

Entonces, como buen estratega le dije que solo haríamos ese viaje si Nerón venía para quedarse con nosotros en Kepler. Aunque no había contado con la decisión que mi viejo amigo podía tomar, algo me decía que en cuanto me viera vendría conmigo a cualquier parte. Más aún si le decía que íbamos a un paraíso.

ESPERANZA EN UN HOLOGRAMA

Todo apuntaba a que iba a pasar un tiempo antes de que pudiéramos volver a Kepler. Quizás semanas, meses… Nadie lo sabía. Así que Ayara hizo que nos dotaran con auténticos *thoughtchips*. El operario que me retiró mi falso *thoughtchip* me informó de que estaba quemado. Su historial de actividades indicaba que se había calcinado durante nuestra entrada en la atmósfera terrestre. Entonces entendí el significado de los pinchazos y dolores que sufrí durante el episodio, y posteriormente cuando intenté utilizarlo.

Ariel fue la única en sufrir el rechazo del *thoughtchip*. Así que se quedó sin poder hacer uso de él. No obstante, Ayara hizo todo lo posible para que su estancia fuera cómoda dentro de las instalaciones y pudiera usar los principales servicios del complejo. De todos modos, mi *thoughtchip* estaba a su disposición, ya que estaba siempre a su lado.

A Ariel y a mí nos instalaron en una estancia idéntica a la suite 21, con todo tipo de comodidades. Aunque apenas hacíamos vida en su interior. Casi siempre estábamos fuera, junto a nuestros compañeros, aprendiendo cosas sobre el funcionamiento de la empresa, o participando en labores del programa *Thrive on Kepler*. A Akier y Alexo los ubicaron en otra estancia diferente.

Pasaron los días y el doctor de Ariel seguía muy pendiente de su embarazo. Las náuseas y el malestar que sentía desaparecieron poco a poco. Nos adaptamos perfectamente a la vida en el interior del complejo, a ser la imagen publicitaria del proyecto dentro de la empresa. Mediante nuestras visitas transmitíamos energía y ánimo a los trabajadores de las distintas secciones. Se podría decir que durante un tiempo fuimos trabajadores de *New Flights*.

Y aunque aquella labor nos hacía sentir bien, añorábamos Kepler. Concretamente la energía vital que nos había transmitido, su magia, lo que habíamos sentido allí… El contraste respecto a la Tierra era enorme. La dosis extra de vitalidad que nos había regalado Kepler se estaba apagando en nuestro interior. El cansancio empezaba a hacer mella en nuestro cuerpo y alma. Éramos conscientes de que una vez que habíamos conocido el bienestar de Kepler, necesitábamos sentir cuanto antes sus emociones, sentimientos y experiencias, que habíamos quedado prendidos de él. Nos sentíamos tristes. La pesadez y negatividad de la enferma Tierra comenzaba a invadirnos. Necesitábamos ver su verde esplendor cuanto antes.

Además, pensábamos en nuestro niño, y la remota posibilidad de que naciera en la Tierra nos aterraba. Queríamos lo mejor para él en Kepler.

El programa se desarrollaba según las previsiones y planes establecidos. Se estaba aprendiendo bastante a cerca del *biomo*. Se construyeron nuevas naves espaciales. Se enviaron cientos de satélites especiales a Kepler, cada uno con diferentes y específicas funciones. Algunos de ellos estaban preparados para volar extremadamente cerca de la superficie. Gracias a ellos comenzaron a descubrir la geografía de Kepler, su relieve y sus extensos océanos, grandes masas de agua que no pudimos visitar durante nuestra estancia y que los keplerianos todavía desconocían.

Los satélites más sofisticados portaban decenas de pequeños drones en su interior, drones que a una determinada altura iniciaban su propio vuelo para documentar con vídeo e imágenes el hábitat de Kepler. La tecnología utilizada también permitía recibir las imágenes a mayor velocidad que la de la luz. En menos de tres minutos llegaban a los departamentos correspondientes de *New Flights*.

Uno de estos drones desempeñó una misión específica. Voló hasta el poblado para informar a los *keplerianos* de que habíamos llegado a la Tierra, y que el programa *Thrive on Kepler* estaba en marcha. No os hacéis una idea de lo que hubiera dado por presenciar el momento en el que se encontraron con el dron.

Gracias a estos drones realizaron el primer gran descubrimiento sobre la reproducción humana en Kepler.

Un día, a altas horas de la madrugada, Ayara nos citó de urgencia para enseñarnos unas imágenes. En una de ellas se observaba un lago que poseía en su centro un árbol. Una gran acumulación de pétalos rojos inundaba su entorno. Esperó de nosotros alguna clase de reacción al ponerla sobre la mesa.

—¡Mira, Álex, es nuestro lago!

Entonces Ayara sonrió de alegría. Y extendió muchas más imágenes sobre la mesa.

—Seguid mirando —nos dijo.

En la mesa había decenas de fotografías similares realizadas por los drones. Únicamente variaban en la luminosidad y su entorno. En todas ellas aparecía un lago y un árbol de pétalos rojos. Nos asombramos. Después, sobre ellas, puso un holograma luminoso correspondiente a una parte extensa de la superficie de Kepler. Cuando hizo zoom, pasando su dedo sobre la imagen luminosa, pudimos comprobar que Kepler estaba plagado de estos lugares

—Por ahora desconocemos qué relación mantienen con su hábitat. Tenemos una ligera idea, pero todavía sin confirmar —nos explicó Ayara—. Ariel, acabas de decir que era vuestro lago… ¿Habéis estado allí?

—Sí —respondió.

—Y… no quiero ser indiscreto —continuó—, pero… ¿cuánto tiempo estuvisteis en ese lugar? Necesito saber qué pasó allí.

Cuando fui consciente de lo que nos estaba tratando de preguntar lo más educadamente posible, intervine.

—Allí se reencontraron nuestras almas. Recuperamos el tiempo perdido.

—Vale, es suficiente —Ayara me interrumpió— creemos que todos esos lugares mantienen las condiciones necesarias para procrear. Por alguna razón, mis biólogos creen que en estos preciosos lagos es posible.

»Sabiendo que existen todos estos lugares, de momento aparcaremos el tema. Nos centraremos en el problema del *biomo*. Si lo solucionamos, tendremos tiempo suficiente para comprobar nuestra teoría in situ.

Aquella noticia era fantástica, esperanzadora para todos. Algo me decía que no hacía falta comprobar nada. Había estado allí, en ese lago, sintiendo su bienestar, bañándome en sus aguas que incitaban al amor…

A BORDO DE LA FASTEST GALAXY

La luminosidad aumentó poco a poco. Después de una cómoda y placentera noche nos incorporamos. La dulce voz de la estancia nos deseó un buen día. Tras vestirnos nos dirigimos a la mesa de la partición central. Sabíamos que en ella nos esperaba el desayuno. Mientras ingerimos los primeros alimentos del día, la voz de la suite nos avisó de que Ayara nos citaba en su despacho. Así que, al terminar el desayuno, nos dirigimos hacia él.

Al entrar en el despacho vimos que Akier y Alexo también estaban allí.

—Ya estamos todos. ¡Buenos días! —sentado tras su amplia mesa de despacho, Ayara nos recibió.

Nuestros compañeros nos saludaron con un abrazo. Últimamente nuestras relaciones se habían estrechado.

—Chicos, no voy a andarme por las ramas —comenzó a hablar—. En uno de los laboratorios han hallado una posible solución. Han desarrollado unas pequeñas semillas a partir de las esporas de las muestras de *biomo*. Tenéis que viajar a Kepler cuanto antes. Tenemos que probarlas de inmediato. Así que mañana de madrugada partiréis. Durante el día de hoy prepararemos el viaje.

Nos miramos con rostro alegre. Ariel y yo no éramos los únicos que desde hacía días sufríamos un déficit de vitalidad. Los ánimos de nuestros compañeros también se apagaban. Necesitábamos volver a Kepler cuanto antes.

Sentí alegría por lo escuchado, pero al mismo tiempo sentí cierta desilusión. Pensé en Nerón. Aunque días atrás Ayara había aceptado la petición que le hice sobre mi amigo, entendí que iba a ser imposible que viniera con nosotros al día siguiente. Todavía no había contactado con él de ninguna manera. Ni siquiera él mismo sabía nada de mí, desde que me vio marchar de su lado. Tampoco había vuelto a hablar del tema con Ayara. Ninguno habíamos marcado el momento de ir en su búsqueda. El dejarlo pasar y el desarrollo de los acontecimientos, habían hecho que no hubiera tenido tiempo para contactar con Nerón.

—Pero... acordamos que Nerón vendría con nosotros. Esa era mi condición. Si viajamos mañana... no podrá venir —le recordé esperando que ideara una solución.

—Sí podrá acompañaros —contestó—: todo depende de ti y de tu rapidez en encontrarlo.

—¿Cómo dices? —le pregunté.

—Esta mañana, cuando me avisaron de la magnífica noticia, imaginé que me recordarías tu condición. Así que me he adelantado y me he tomado las molestias de prepararte una aeronave, y de poner a tu disposición un *Z3* que te acompañará en la búsqueda de tu amigo. Ahora la condición te la pongo yo. Si quieres que Nerón viaje mañana a Kepler contigo, encuéntrale. Mañana a las seis de la mañana la nave despegará. Si decides ir por tu amigo, tienes que saber que si no logras llegar, te quedarás aquí hasta el próximo viaje.

—¿Cuándo será?

—No lo sabemos. No hay nada programado. Según el éxito que tengan las semillas.

Esas palabras me hicieron comprender que no podía dejar escapar la oportunidad de volver, ya que por el momento era el único viaje programado. Digo "volver" porque decidí ir en busca de Nerón.

Ariel se empeñó en acompañarme. Intenté convencerla de lo contrario, sin éxito. Después de todo lo vivido tenía claro que no iba a volver a separarse de mí. Y menos aún, viajando a un planeta distante mientras yo me paseaba por la Tierra.

Con más motivos todavía tenía que volver a tiempo. Ya no se trataba tan sólo de mi vida y mi futuro, sino de Ariel y del niño que esperábamos. Deseábamos que naciera en Kepler y que durante sus primeros años se contagiara de su vitalidad. En varias ocasiones Ariel y yo habíamos hablado sobre ello, y sobre que era una buena oportunidad que el embarazo se desarrollara allí, rodeados del confort y el bienestar que nos proporcionaba Kepler.

—Álex, Ariel, me parece que ya os habéis decidido. No perdáis más tiempo. En el fondo del *pentapuerto H3* os espera una nave y un *Z3*. ¡En marcha! Traed a vuestro amigo —nos animó—. Os espero mañana.

Mientras Ayara se llevaba a Akier y Alexo a los laboratorios para enseñarles las semillas y darles las directrices a seguir para su replantación, nosotros emprendimos la carrera hacia el *pentapuerto H3*. Y comenzó nuestra particular lucha contra el reloj. Para llegar al *pentapuerto H3* tuvimos que atravesar salas, pasillos y alguna que otra pasarela exterior. Quedaba un poco lejos del despacho de Ayara.

Minutos más tarde nos encontramos ante el ascensor que descendía hasta el fondo del *pentapuerto H3*. Lo utilizamos. Una nave verde y gris, más pequeña que la nuestra, nos esperaba en el centro de la plataforma pentagonal. Al salir del ascensor la vimos. Era totalmente diferente a todas las que había visto antes. Destacaba por su silueta aerodinámica y su llamativo colorido. Su parte delantera poseía una prominente y puntiaguda curvatura hacia abajo que simulaba el pico de un águila imperial. Sus alas poseían varias secciones articuladas que se desplegaban o giraban, en mayor o menor medida, con cada maniobra. Un *Z3* nos esperaba junto al aparato.

—Bienvenidos a la *Fastest Galaxy*, la nave turística más veloz de *New Flights*. Estoy programado para ser vuestro piloto. Os llevaré rápidamente a donde me pidáis —emitió el *Z3* con su característica voz metálica.

A continuación el *Z3* accionó el despliegue de una rampa que nos ofreció paso. Tras adentrarnos en ella, él hizo lo mismo, siguiéndonos.

Gracias a la tenue luz que desprendían los sistemas de navegación reconocimos el habitáculo. Las paredes laterales estaban cubiertas por infinidad de pantallas apagadas, que poco a poco comenzaron a mostrar la actividad y el estado de las diferentes partes de la nave. El techo no era muy alto. De él se desplegaron cuatro asientos. Al frente, a través del curvado ventanal se veía el exterior.

Tras inspeccionar el lugar ocupamos los asientos centrales. Al sentarnos se activaron los sistemas de sujeción. Desde nuestra posición vimos cómo el *Z3* introducía su cuerpo en un hueco de la pared creado expresamente para él. Cuando estuvo perfectamente acoplado, unas clavijas y pasadores lo aseguraron y conectaron a la *Fastest Galaxy*.

Desde allí mantenía el control total de la nave.

—¿Dónde quieren ir? —nos preguntó. Las luminarias azules de su rostro nos apuntaban.

—Al Estado de Madrid. Y rápido —le ordené.

A través de la ventana más cercana a mi asiento vi cómo el aparato comenzó a ascender por el centro de la estructura pentagonal que nos confinaba. Poco a poco, manteniendo las distancias respecto a las cinco paredes de nuestro alrededor, fuimos ascendiendo.

En cuanto abandonamos el *pentapuerto* ganamos altura y velocidad. Sobrevolamos parte de *New Flights* dirección al paso de materia. Al posicionarnos bajo él, se abrió. El *Z3* accionó los propulsores de las alas y a continuación las giró para que nos impulsaran hacia arriba.

La nave voló velozmente hasta el Estado de Madrid. Cuando llegamos, el *Z3,* inteligentemente, condujo la nave hasta un pequeño paso de materia, propiedad de una pequeña empresa de turismo espacial, que colaboraba asiduamente con *New Flights*. Con esa acción el Z3 me demostró que estaba lo suficientemente capacitado para decidir por sí mismo la mejor manera de proceder.

Al introducirnos bajo el manto magnético de Madrid vimos su interior. Los grises edificios cilíndricos destacaban entre todo lo demás. Ariel no despegaba la mirada de su pequeña ventana.

—Elija un nuevo destino —me solicitó el *Z3*.

Durante un momento permanecí dubitativo. No era capaz de ubicarme, por lo tanto no sabía dirigirme hacia la grieta donde Nerón tenía su chabola. Lo único que sabía era que el *SSEM* estaba en el centro, y que la grieta a la que tenía que llegar se encontraba cerca del *SSEM*.

—Llévanos al centro de Madrid —le respondí intuitivamente. Estaba completamente seguro que si desde las alturas me encontraba con la grieta que buscaba, la reconocería.

El *Z3* condujo velozmente hacia el centro de la urbe.

La nave descendió considerablemente, hasta penetrar entre las edificaciones cilíndricas. Nos encontramos con el denso tráfico que producían las cápsulas transparentes. El *Z3* tuvo que realizar decenas de maniobras para esquivarlas.

—Es peligroso volar entre tanto aparato. Aterrizaré en esta zona —nos comunicó el *Z3*. Al mismo tiempo nos enseñó una imagen holográfica de un área cercana—. Es un área de espera para vehículos pesados.

El *Z3* dirigió la aeronave hasta allí. Descendió y aterrizó sutilmente sobre las marcas de un estacionamiento.

—A partir de aquí, quedo conectado a su intercomunicador. Si necesita algo, o que vaya a por usted a un determinado lugar, llámeme —me aclaró.

El *Z3* emergió de su agujero y a continuación, para que descendiéramos por ella, desplegó la plataforma. Ariel me miró buscando seguridad en mis ojos. La encontró. Después pasamos a ser parte del entorno futurista de afuera.

Sobre nuestras cabezas se extendía la cúpula magnética que envolvía la ciudad, alta, poderosa, inmensa. Los edificios que teníamos al frente se reflejaban tenuemente e invertidamente en ella. En el área de descanso aterrizaban y despegaban cápsulas constantemente. Unas recogían a personas y otras las dejaban. Sobre el terreno había aparcadas un par de aeronaves pesadas. A continuación, para demandar una cápsula de movimiento toqué suavemente la zona de mi nuevo *thoughtchip*. Enseguida vimos cómo una cápsula se separaba del tremendo tráfico aéreo que existía muy arriba, sobre nuestras cabezas, y descendía vertiginosamente hacia nosotros. Al instante quedó levitando a escasos centímetros del suelo, brindándonos paso a su pequeño habitáculo.

—Ciudadano, le acompaña una persona sin *thoughtchip* ¿Necesita ayuda del servicio de seguridad? —me informó la voz de la cápsula antes de encerrarnos en su interior.

Aquellas palabras me sonaron.

—No hay por qué preocuparse. Viene conmigo —le contesté sabiendo que me entendería.

—Elija un destino.

—Llévanos al centro de Madrid —seguía sin tener un destino concreto para darle, así que le contesté de igual modo que al *Z3*.

La cápsula se elevó velozmente hasta fusionarse con el tráfico aéreo. Parecía que volábamos sin nada. El ir en el interior de aquella cápsula transparente provocaba esa sensación.

Las demás cápsulas, la gran mayoría, iban en dirección contraria a la nuestra. Nuestro aparato comenzó a realizar movimientos en *zig zag* para esquivarlas. A pesar de que viajar en una cápsula era lo más seguro que habíamos hecho últimamente, ya que permanecían conectadas entre ellas vía *thoughtnet* y era imposible que chocaran, el vértigo y la sensación de peligrosidad nos invadieron. Ariel me agarró fuertemente de la mano.

Más adelante, en la lejanía, gracias a su peculiaridad, divisamos el edificio del *SSEM*

—Más despacio, y no te aproximes demasiado al *SSEM* —le ordené a la cápsula siendo conocedor de los peligros que corría merodeando por la zona. Estaba seguro de que Nicolás Rossellini y todo el *SSEM* seguían buscándome con empeño.

La cápsula cumplió mi petición.

Mientras contemplaba temerosamente el edificio del *SSEM*, traté de distinguir algo en las inmediaciones. Alguna formación terrenal, socavón o marcas del terreno que hubiera visto durante mi anterior paso por allí, que nos permitiera comenzar el camino hacia la casa de Nerón.

Ariel no apartaba su vista de las grietas del terreno que sobrevolábamos. Permanecía en silencio, pensativa. Había oído mis historias sobre ellas y sobre las personas que allí vivían.

Poco a poco, mientras escudriñábamos el terreno, acortamos distancias respecto al *SSEM*. Lo suficiente para que viera varios *Q2H33* flotando alrededor del complejo. Entonces le pedí a la cápsula que parara, que no se aproximara más. La cápsula se quedó quieta, flotando entre el desbaratado mar de cápsulas que pasaban velozmente a nuestro alrededor.

Al mismo tiempo, una mirada esporádica en dirección al terreno me hizo reconocer lo que veían mis ojos. Era el socavón desde el cual Nerón había llamado mi atención la primera vez que nos encontramos. Aquel día que recién liberado del *SSEM* permanecí abatido y desconsolado sobre el terreno. En ese agujero se iniciaba la primera gran grieta de las cuatro que recorrí junto a Nerón el día que me llevó hasta su chabola. Acababa de encontrar el camino.

En un principio pensé pedir a la cápsula que nos dejara en ese punto, para proseguir a pie por el interior de la grieta. Pero pensando en ahorrar tiempo y adelantar camino, le ordené que siguiera mis indicaciones volando lo más bajo posible sobre la grieta. El *SSEM* desapareció de nuestra vista.

La cápsula descendió considerablemente, separándose del tráfico aéreo. Volamos sobre la primera grieta del terreno hasta llegar a su fin. A poca distancia de ella, entre dos grises edificios, crecía el socavón que iniciaba la siguiente gran grieta que días atrás había recorrido a pie. También volamos a baja altura sobre ella, y después sobre otra más. A nuestro alrededor las colosales edificaciones cilíndricas lo inundaban todo.

Lo recordaba muy bien. Mantuvimos el rumbo correcto hacia el hogar de mi amigo Nerón.

Llegados al inicio de la grieta en la que se hallaba su chabola, pedimos a la cápsula que nos dejara en Tierra. Tocaba afrontar la última parte del camino a pie ya que las cápsulas de movimiento no funcionaban en el subsuelo.

UNA NOTA EN LA PUERTA

Recomendé a Ariel que descendiera de lado para evitar que resbalara. Detrás de mí comenzó a imitar mis pasos sobre la resbaladiza arena. Intentamos seguir descendiendo por el camino fácil, a pesar de que era complicado verlo entre la prominente inclinación, las rocas y la basura.

De repente me acordé de algo importante:

—Espera, ensúciate el traje —le insté al mismo tiempo que me eché tierra y restos de basura por encima— haz como yo, o tendremos problemas con los *sin thoughtchip* que nos encontremos. Recuerda que la gente del exterior no es bien recibida aquí.

Rasgamos y ensuciamos nuestros trajes para intentar que se parecieran lo máximo posible a las vestimentas de los indigentes del subsuelo con los que estábamos a punto de encontrarnos.

Conforme descendimos, la cantidad de basura que nos rodeaba aumentó. El camino que seguíamos cada vez se remarcaba más entre los desperdicios. Pronto nos cruzamos con los primeros habitantes de la grieta. Algunos de ellos deambulaban buscando comida entre la basura, otros transportaban objetos y materiales encontrados, y otros tantos simplemente se desplazaban a algún lugar. Al llegar al fondo de la grieta aumentó el número de transeúntes.

Caminamos por el centro de esa inmensa hendidura, el cual se había allanado debido al día a día que los *sin thoughtchip* hacían allí. Parecía una ancha calzada. Las chabolas inundaban los comienzos de las prominentes laderas que se alzaban a ambos lados. La pobreza del lugar era patente. Allí nos encontramos con mucha gente. Al parecer, nuestros trajes pasaban desapercibidos.

Tras caminar varios minutos la vimos: allí estaba. La choza de Nerón.

Llamamos a la puerta y esperamos. No abría nadie.

—¡Nerón, soy Álex! —alcé la voz al mismo tiempo que volví a golpear.

Seguimos sin obtener respuesta. A pesar de que manteníamos nuestros oídos pegados a la chapa de madera de la puerta, no escuchamos nada.

Tras intuir que Nerón no estaba en su casa quise asegurarme. Rodeé e inspeccioné los exteriores de la casa tratando de encontrar algún modo de ver su interior. Sabía que si buscaba encontraría algún hueco por el que asomarme entre alguna de las juntas mal ensambladas que tenía la rudimentaria chabola. Una choza que había sido construida a partir de diversos materiales encontrados entre la basura, como paneles, ladrillos rotos, maderas resquebrajadas y materiales de construcción que antiguamente habían formado parte de alguna casa de mi época. No tardé en encontrar un hueco por el que mirar, entre un panel de madera y otro de metal.

La vivienda estaba completamente vacía.

—¡Álex, hay una nota! —exclamó Ariel en ese mismo instante.

—¿Una nota? ¿Dónde? —le respondí, al mismo tiempo que me aproximaba hacia ella.

—Estaba aquí, entre las piedras —dijo señalando un montón de escombro que había muy cerca de la puerta—. Se ha debido de soltar de este clavo— me explicó tocando el pequeño clavo que había incrustado en la puerta a la altura de nuestros ojos.

La nota decía:

"Nadie leerá esto, pero lo escribo. No sé cuándo volveré".

No había duda que esas palabras eran del extrovertido Nerón.

—¿Y ahora qué hacemos? —me preguntó Ariel preocupada.

—¿Dónde habrá ido? —me pregunté, al mismo tiempo que me castigaba mentalmente. Habíamos malgastado mucho tiempo al ir allí, demasiado confiados en encontrar a Nerón. La tarea de encontrarle se acababa de poner muy difícil si queríamos llegar a tiempo para el viaje a Kepler.

Mientras tanto, Ariel permaneció en silencio, sin saber qué decir.

¿Cuánto tardaría en volver? Desconocíamos si había salido para unas horas, o para días. Según su nota, ni él mismo lo sabía. Por lo tanto esperarle allí no era buena idea.

—Álex, no te preocupes. Lo encontraremos de otro modo —me animó Ariel mientras me abrazaba y me besaba la mejilla— Piensa, seguro que encuentras una solución.

Ariel siempre estaba ahí, cuidándome física y emocionalmente, regalándome todo su cariño, sobre todo en los momentos difíciles. Me compadezco de la gente que no tiene una persona así a su lado. Y como por obra de magia, como si de un hechizo se tratara, esas palabras me hicieron encontrar un modo de hallar a mi viejo amigo.

—¡Gracias, Ariel! —exclamé. La levanté del suelo con un fuerte abrazo— ¡Eso es! Cuando me despedí de Nerón, se quedó junto a

Ricky. No ha pasado tanto tiempo, así que iremos a las chabolas de Ricky.

—Quizás no esté allí —me contestó Ariel tratando de evitar una nueva y futura desilusión por mi parte.

—Si no está, al menos Ricky sabrá algo sobre su paradero.

A continuación nos dirigimos al conjunto de chabolas donde Ricky vivía en comunidad creando sistemas y aparatos hackeados que engañaban el funcionamiento de la ciudad. Esta vez recorrimos a pie las profundidades de varias grietas antes de llegar donde daba comienzo la estrecha gruta que nos conducía directamente a la comuna de Ricky. El orificio irregular se estrechó considerablemente. Apenas podíamos caminar de pie. El terreno era abrupto y pedregoso. Al final de la gruta hallamos el conjunto de chabolas de Ricky.

Con el puño cerrado golpeé la puerta principal.

—¿Quién es? —preguntó una voz desde el interior, una voz que ya había escuchado en otra ocasión pronunciar lo mismo.

—Soy Álex. Busco a Ricky.

Ricky fue avisado y no tardó en personarse en la puerta, abriéndola.

—¿Álex? ¿Qué haces aquí, amigo?

—Me alegro mucho de verte —le contesté—. Han ocurrido muchas cosas desde que nos vimos, que no tengo tiempo de contarte. Necesito sab…

—¡Vaya! ¿Quién es tu amiga? —interrumpió mis palabras mientras miraba a Ariel con sumo interés.

—Ricky… es Ariel —le aclaré rápidamente antes de que prosiguiera con su descaro.

—¿Ariel? ¡No puede ser! ¿Cómo ha sobrevivido durante tanto tie…?

—Es una larga historia que no tengo tiempo de contarte —esta vez le interrumpí yo—. Pero sí, es ella.

—Así que… no solo conseguiste llegar a *Nueva Villalva* gracias a mi t*houghtchip*, sino que la has recuperado. ¡Ja ja ja! —fluyó de él su característica risa.

A continuación Ricky propició el saludo entre ellos. Para intentar perder el menor tiempo posible colaboré con sus intenciones.

—Te presento a Ariel, mi mujer —pronuncié al mismo tiempo que le guiñé el ojo a ella.

Ricky le ofreció su mano.

—Ariel, él es Ricky —proseguí.

—Encantada —respondió— He oído hablar mucho de ti.

—Lo mismo digo, chica. En su día Álex también me habló bastante de ti.

—Ricky, vayamos al grano —les interrumpí.

—Eso. ¿Qué te trae por aquí? ¿Qué problema tienes ahora? —me preguntó al intuir por mi peculiar nerviosismo que algo necesitaba.

—Busco a Nerón. ¿Está contigo?

—No, lo siento.

—¿Dónde está? Hallamos una nota en la puerta de su casa diciendo que no sabía cuándo volvería a ella.

—Va de camino al Estado de *Marrocabat*.

—¿Cómo? —respondí alarmado.

—Bueno… Según mis cálculos le quedará poco para llegar al acceso del *impulsor*.

—¿Se puede saber por qué se dirige hacia allí? —le pregunté.

—Se ha marchado a buscar a un primo lejano que, según él, acaba de enterarse que tiene por allí, otro *sin thoughtchip*. Álex, cuando te fuiste, Nerón se pegó a mi lado de una manera exagerada. Después del gran lazo de amistad que tuvo contigo no pudo aceptar que te marcharas, no supo seguir con su solitaria vida. Ya sabes que Nerón es un chico que necesita compañía porque se encuentra muy solo. Creo que de esa necesidad no saciada surgen su bipolaridad y sus estados de delirio.

—Lo sé —asentí.

—Los primeros días su bipolaridad pareció desaparecer, pero poco a poco volvió. Comenzó a padecer esos cambios repentinos de comportamiento. Florecieron de nuevo sus ideas disparatadas, su arrolladora personalidad. Fue entonces cuando me contó que se había enterado, por no sé quién, que un primo segundo o tercero suyo vivía en el subsuelo de *Marrocabat*. La verdad es que no le presté mucha atención cuando me contó esto, no sabéis lo agotador que es aguantar día tras día sus… —respiró con alivio— Me pidió que le ayudara de algún modo a utilizar el *impulsor*. Atraído por la necesidad de que se alejara de mí por un tiempo, lo hice. Como él ya tenía la marca hereditaria del rechazo del *thoughtchip*, le instalé un chip diferente. Un chip que desarrollé hace tiempo, capaz de burlar el sistema del *impulsor*.

»Ayer partió hacia *Marrocabat*. Teniendo en cuenta que se tarda aproximadamente un día caminando hasta él, y que antes tuvo que pasar por su casa a dejar esa nota que os encontrasteis, le quedarán todavía un par de horas para llegar al *impulsor*.

—Lo siento Ricky, pero si tus cálculos son correctos tengo que marcharme ya. Necesito hallarlo antes de que viaje en el impulsor.

—¿Pero…? —intervino.

—Ojalá tenga ocasión de contártelo todo próximamente. ¡Adiós amigo! —me despedí rápidamente mientras Ariel y yo, cogidos de la mano, iniciábamos nuestra particular carrera contrarreloj.

Salimos de la descomunal grieta. Al comprobar que mi *thoughtchip* recobraba la cobertura solicité una cápsula de movimiento.

—Ciudadano, le acompaña una persona *sin thoughtchip*. ¿Necesita ayuda del servicio de seguridad? —me volvió avisar el sistema de la nueva cápsula a la que habíamos subido.

—¡Ya lo sé! Va conmigo —mis nervios me hicieron contestar altivamente.

—Elija un destino.

—Llévanos, lo más rápido posible, al *impulsor*.

Mientras la cápsula con su peculiar zigzagueo esquivaba el denso tráfico aéreo, mediante mi intercomunicador abrí comunicaciones con el *Z3* que esperaba en la *Fastest Galaxy*.

—Escúchame con atención. Lleva la nave rápidamente al área del *impulsor*. Nosotros vamos de camino en una cápsula. Nos vemos allí.

Decidí actuar de ese modo para tener la nave preparada para

viajar a *Marrocabat* en el supuesto de que Nerón ya hubiera viajado en el *impulsor*.

Para evitar la aglomeración de cápsulas de movimiento, el *Z3* decidió elevar el vuelo por encima de los edificios, trazando un trayecto rectilíneo para atajar hasta el punto acordado. Llegó antes que nosotros. La *Fastest Galaxy* era una nave muy veloz.

Desde las alturas vimos la nave, posada en la explanada del *impulsor*, esperándonos. Próximos a ella, bajo el extraño asfalto se introducían varios túneles o accesos hacia los diferentes destinos del *impulsor*. La cápsula nos dejó en tierra y sin perder más tiempo caminamos hacia la entrada en la que un luminoso flotante indicaba *Marrocabat*.

A toda prisa adelantamos a varios transeúntes que se dirigían a la cola del *impulsor*. El pasaje estaba bien iluminado. Corrimos todo lo que pudimos. Conforme avanzábamos el techo estaba más alto. Más adelante vimos cómo surgía el conducto del *impulsor* desde un orificio de ese techo en pendiente ascendiente. Pasamos por debajo. Al frente observamos cómo el techo comenzaba a descender hasta toparse con una pared vertical que tomaba contacto con el suelo. Al mismo tiempo observamos la fila de personas que aguardaban su turno, esperando la llegada de nuevas vainas por el interior del conducto del *impulsor*.

Cada vez que una nueva vaina llegaba, dos robots con fisonomía humana ayudaban a subir las precarias e inclinadas escaleras a un pequeño grupo de pasajeros. A continuación los introducían en ellas. Aunque no teníamos intención de utilizar el *impulsor*, llegamos hasta la cola de la fila intentando encontrar la figura de Nerón entre el gentío. Pero no lo vimos entre los cincuenta o sesenta pasajeros que esperaban. ¿Y si todavía no había llegado al impulsor? ¿Y si por lo contrario ya se había montado en una vaina? No sabíamos qué pensar y menos aún cómo actuar.

Pero nuestras dudas se resolvieron pronto, justo cuando le vimos. Tras ayudarle a subir, los androides le estaban introduciendo en la vaina por la apertura que esta compartía con el conducto.

—¡Nerooón! —grité con todas mis fuerzas en ese preciso instante.

Antes de que mi amigo diera el último paso, el paso que lo colocaba a escasos segundos de aparecer en *Marrocabat*, volvió su mirada hacía nosotros. Al vernos intentó salir del habitáculo, pero los androides se lo impidieron. Ya era tarde. El acceso del conducto y el de la vaina se cerraron. Los androides sujetaron a Nerón en uno de los asientos. Instantes después salió despedido atraído por el vacío, a una velocidad vertiginosa hacia el Estado de *Marrocabat*.

Mi grito hizo que la mayoría de las personas que conformaban la fila volvieran su mirada hacia nosotros.

MARROCABAT

—Prepara la nave. Nos vamos —le ordené al *Z3* por el intercomunicador.

Corrimos por el iluminado pasaje para salir al exterior. En cuanto salimos nos encontramos la *Fastest Galaxy* con la rampa de acceso bajada, esperándonos junto a la boca de acceso del túnel del que emergíamos. El *Z3* había decidido acercarla hasta allí. Subimos a ella. A continuación le ordené que nos llevara lo más rápido que pudiera a *Marrocabat*.

Tras sobrevolar el estrecho de Gibraltar pasamos sobre la zona donde antiguamente estaba ubicado Marruecos. Allí ya no existía nada. El *Z3* siguió pilotando la nave hacia el sur. Varias decenas de kilómetros después divisamos la cúpula magnética que envolvía *Marrocabat*.

—Busca un acceso —le pedí al *Z3* cuando nos aproximamos.

El *Z3* detuvo la nave un instante. Se tomó un tiempo para pensar, aunque en realidad no pensaba. Simplemente intentaba conectarse vía *thoughtnet* a la base de datos del Estado de *Marrocabat* para encontrar la ubicación de los pasos de materia.

—No existe un modo seguro para pasar —respondió tras ese pequeño lapso de tiempo.

—Pues pásanos por donde sea —le ordené, ya que durante el viaje había podido comprobar que los *Z3* estaban programados para tomar decisiones importantes por sí mismos.

La inseguridad a la que hizo referencia el *Z3* se debía a que nuestra entrada iba a ser el centro de atención de todas las miradas, ya que el único paso de materia aéreo se ubicaba en la cúspide de la enorme cúpula. En *Marrocabat* no había ninguna empresa de ámbito espacial, por lo tanto, únicamente existía un paso de materia aéreo principal, el que por ley mantenían todos los Estados. El paso de materia estaba programado para abrirse automáticamente para cualquier visita del exterior. Aunque no era habitual que llegaran naves espaciales a la ciudad, era una manera de no permanecer totalmente aislados.

El *Z3* reanudó el vuelo, obedeció mi orden. Casi rozando el manto magnético que envolvía *Marrocabat,* voló hacia la zona más alta de la cúpula donde estaba el paso de materia. Al llegar a él se abrió, y las articuladas secciones de las alas de la *Fastest Galaxy* giraron para iniciar la maniobra de entrada.

—¡Mira, Álex! —exclamó Ariel con asombro mientras señalaba la ciudad que acababa de aparecer bajo nosotros— Parecen edificios de arena.

La ciudad mantenía la misma estructura que Madrid y *Nueva Villalva*: altos edificios cilíndricos, cápsulas de movimiento colapsando el espacio aéreo, grietas subterráneas, un abandonado y deteriorado suelo…etc. Pero el color de los edificios era peculiar. Dotaba al Estado con un estilo propio proveniente de su historia y la cultura árabe que cientos de años atrás había existido en la zona. A pesar de su apariencia futurista, *Marrocabat* seguía manteniendo tintes del pasado. Las edificaciones eran marrón claro y el resquebrajado suelo sobre el que descansaban también. A duras penas se distinguían las siluetas de los edificios en la lejanía, a causa de la calima acumulada bajo la cúpula y a aquella repetitiva tonalidad que lo invadía todo. El marrón claro de nuestro alrededor reinaba de tal manera que se reflejaba sobre nosotros en el techo magnético que envolvía la ciudad. Las transparentes cápsulas de movimiento también parecían adquirir el mismo tono que todo su alrededor a causa del reflejo. El mayor contraste de color lo estaba causando nuestra verde nave.

Descendimos hasta fundirnos con el tráfico de las demás cápsulas. Durante un tiempo el *Z3* tuvo que hacer uso de la destreza que le proporcionaba su programación para maniobrar entre los aparatos aéreos de nuestro alrededor.

—Ahora dirígenos al área del *impulsor* — ordené al *Z3* de nuevo.

Las alas de la aeronave volvieron a virar, y sus propulsores se accionaron. Al separarnos del conjunto de edificios divisamos la explanada del *impulsor*. Descendimos oblicuamente, manteniendo velocidad y dirección hacia allí.

Un área similar a la de Madrid albergaba los pasajes hacia los diferentes destinos del *impulsor*. Cuando llegamos le ordené que sobrevolara suavemente y a baja altura el lugar para emprender la búsqueda de Nerón. Ariel y yo nos soltamos las sujeciones que nos habían mantenido seguros en nuestros asientos para pegarnos a una de las ventanas de la *Fastest Galaxy*. Desde allí fijamos nuestra vista y lo buscamos ansiosamente. La densa calima del exterior lo enturbiaba todo.

—Desciende un poco más —ordené para librarnos de ella.

Gracias a nuestra aproximación comenzamos a distinguir mejor nuestro entorno. Aunque vimos varias personas caminado por el área del *impulsor*, ninguna era Nerón.

No tuvimos más remedio que ampliar el radio de búsqueda fuera del área del *impulsor* hasta el linde donde se alzaban los edificios cilíndricos. Seguimos buscando por esa zona durante un largo periodo de tiempo. Sin éxito alguno, buscamos entre los edificios más cercanos. Tras nuestro fracaso ordené al *Z3* que aterrizara la nave en el área del *impulsor*. Necesitaba reflexionar, tener cinco minutos de calma. No sabía si seguir con la búsqueda o emprender el camino de vuelta a *Nueva Villalva*. Si consumíamos más tiempo no llegaríamos para viajar a Kepler.

Cuando el *Z3* inició la maniobra de aterrizaje, la figura de una persona sentada junto al pasaje de llegada del Estado de Madrid llamó nuestra atención. Los demás transeúntes se movían rápidamente y sin descanso. En cambio, él permanecía quieto, rompiendo con la normalidad. Al seguir descendiendo nos dimos cuenta de que era Nerón esperándonos, creyendo que íbamos a aparecer por ese túnel.

De pronto, el sonido de nuestra nave llamó su atención. Sin ser consciente de que íbamos en el interior del aparato, nos miró. Nuestra nave siguió descendiendo hasta que se posó suavemente en el terreno, muy cerca de Nerón. No era el único que nos miraba asombrado. Los demás caminantes también lo hacían, ya que no era normal que una nave de esas características utilizara el área del *impulsor*, un lugar únicamente destinado para el despegue y aterrizaje para las cápsulas de movimiento.

Los motores de las *Fastest Galaxy* se apagaron y la rampa se abrió. Ariel y yo salimos de la nave. Nerón se echó ambas manos a la cabeza. No lo podía creer. Su cara fue digna de fotografíar.

—¿¡Álex!? — exclamó.

—¡Nerón! Al fin te encuentro.

Como un niño pequeño, Nerón corrió hacia mí y me abrazó con fuerza.

—¡Sabía que volvería a verte! —exclamó con suma energía— ¡Guau! ¿De dónde has sacado ese aparato? —me preguntó sin dejarme apenas tiempo de corresponder su abrazo.

—Amigo, tengo muchas cosas que contarte —traté de calmarle — Por cierto… ¿Qué hacías aquí sentado?

—Esperaba que salieras por ese túnel —me contestó señalando la salida del *impulsor* por la que él había llegado a *Marrocabat*— Te vi en la cola, pensé que venías detrás de mí. Por cierto… ¿quién es ella?

—Ella es Ariel.

—¿Cómo es posible que…? Han pasado… No puede ser ella —enseguida me di cuenta de que Nerón comenzaba a sufrir uno de sus peculiares cambios de ánimo, todo ese reguero de información era demasiado para su mente. Así que intenté desviar el tema e ir al grano.

—Si es posible. Te lo explicaré todo, pero antes debes calmarte.

Ariel se mantenía al margen de la conversación. No quería aumentar la confusión mental que estaba sufriendo nuestro amigo.

—Por cierto… ¿qué haces tú aquí? —prosiguió con otro de sus bruscos cambios de estado.

—He venido hasta aquí buscándote —le aclaré

—¡Increíble! Sabía que volvería a verte. ¿En esa nave? ¿Es tuya? ¿Me darás una vuelta?

La personalidad extrovertida e incontrolada que afloraba en situaciones especiales en Nerón, como lo era aquella, se había apoderado de él.

—Nerón, te he buscado arriesgando mi vida y mi futuro para hablarte de algo mucho más importante que mi nave. Escucha…

—¡Entonces es tuya!¡Increíble!

—¡Nerón, basta! Tengo una historia muy importante que contarte. Prométeme que si subes con nosotros a la nave me escucharás con atención —alcé la voz, desesperado.

Parecía imposible luchar con su inestable bipolaridad.

—De acuerdo —me respondió— me alegro mucho de verte amigo.

—Y yo Nerón, vamos, acompáñanos.

Entramos en la nave. Al principio fue inevitable tener la atención de Nerón. Permanecía muy distraído con el interior de la *Fastest Galaxy*. El mobiliario, la mesa de mandos y los cientos de botones luminosos me ganaban la partida. Cuando descubrió la figura del *Z3,* acoplado perfectamente en su hueco, se descontroló totalmente. Me costó varios minutos sosegarlo.

Una vez calmado y con la aeronave todavía en contacto con el suelo, le relaté detalladamente todo lo que me había sucedido desde que me fui de su lado. Le conté mi encuentro con Manuel, su proyecto Matusalén, la existencia de Kepler, que Manuel había llevado a un grupo de gente hasta allí, cómo era la vida en ese planeta, y que encontré allí a Ariel. Le recreé mi llegada al planeta, sus características, el reciente embarazo de Ariel…etc. Se lo conté todo, incluyendo los detalles del programa *Thrive on Kepler.*

Mi historia le mantuvo atrapado, fuera de sus paranoias.

Después le conté el motivo por el que le estaba buscando. Nerón, emocionado, dejó escapar un par de lágrimas que resbalaron por su cara hasta perderse en el sucio y deteriorado cuello de su vestimenta.

—¿Qué te sucede? —intervino Ariel al verle llorar. Además, no era habitual que permaneciera callado tanto tiempo.

—Muchas gracias —respondió entre sollozos. De sus ojos salieron más lágrimas.

—Entonces… ¿vendrás con nosotros? —le pregunté a pesar de intuir la respuesta.

—¡Claro que sí!

—¿Qué hay de ese primo tuyo al que viniste a buscar? —le cuestioné.

—Bueno… No estoy seguro de que exista realmente… —es una larga historia.

En ese momento no me interesaba ahondar más en el tema. Mi prioridad era emprender la vuelta cuanto antes, para llegar a tiempo al viaje hacia el planeta que había cautivado a nuestros corazones.

Pasaban un par de horas de media noche. Entre tanta explicación se nos había echado el tiempo encima. Mientras nos ajustamos las cintas de seguridad de nuestros respectivos asientos informé al *Z3* de que nuestro nuevo destino era *New Flights*. Le ordené que viajara lo más rápido posible explicándole que tendría que hacer todo lo posible por llegar antes de que se efectuara el lanzamiento del viaje a Kepler, programado para las seis de la mañana. Creo que lo entendió.

El *Z3* me obedeció y despegó velozmente y nos elevamos vertiginosamente hacia el techo magnético que cubría *Marrocabat*. Cruzamos entre el tráfico aéreo, pasamos muy cerca de varias azoteas.

Minutos más tarde alcanzamos el paso de materia. Al aproximarnos se abrió y salimos al exterior.

El colorido real del cielo nocturno nos sobrecogió. Y la *Fastest Galaxy* aceleró todo lo que pudo bajo ese definido mar de estrellas.

—Nunca hubiera imaginado que el cielo era así —dijo Nerón. Nunca había salido al exterior de la cúpula.

Nuestro viaje prosiguió dirección a *Nueva Villalva*.

—El robot pilota espectacularmente —Nerón seguía emocionado, aunque algo más sosegado que antes.

Esta vez, decidí seguirle la corriente contándole de lo que era capaz de hacer *Z3* a parte de pilotar la nave. Miré a Ariel, le sonreí. Ella me correspondió con rostro ilusionado. Era consciente de mi felicidad por haberle encontrado. Nerón y yo seguimos conversando con mucho entusiasmo.

Minutos más tarde incliné la cabeza hacia la derecha, hasta apoyarla suavemente sobre el hombro de Ariel. Ariel hizo lo mismo, dejando caer su cabeza sobre la mía. Disfrutamos de las vistas, necesitábamos relajarnos.

Nerón permanecía a nuestra izquierda. El cansancio también se percibía en su rostro.

Dos horas después vimos en la lejanía, muy por debajo de nosotros, la cúpula magnética que envolvía Madrid. Casi a la media hora pasamos sobre ella.

—¿Cómo vamos de tiempo? —le pregunté al *Z3*.

—Mis cálculos indican que llegaremos muy justos al lanzamiento —nos informó el *Z3*.

Nuestro reloj de a bordo marcaba las cinco de la madrugada.

—¿Podemos ir más rápido? —le pregunté.

—Negativo. Viajamos a máxima velocidad.

Pensé, dado nuestro retraso, que quizás Ayara ya no contaba con nosotros. Incluso que quizás nuestros compañeros ya debían estar preparados a bordo de la nave.

EL DESPEGUE

Eran las cinco y cincuenta y siete minutos cuando de lejos comenzamos a divisar la cúpula de *Nueva Villalva*. A pesar de nuestra considerable velocidad no llegábamos a tiempo. Además, para llegar a *New Flights* teníamos que sobrevolar todo el campo magnético, ya que la empresa estaba ubicada en el límite opuesto de la ciudad. Después cruzar el paso de materia, aterrizar…. Nuestros semblantes mostraban el fracaso.

De repente, todavía muy lejos de nuestro objetivo, observamos cómo crecía verticalmente un fino chorro de humo blanco. Parecía emerger del paso de materia de *New Flights*. Aquello solo podía ser el lanzamiento de la nave a la que no habíamos llegado a tiempo, ya que ningún otro aparato de *New Flights* dejaba ese rastro.

—Si mantenemos la velocidad podemos alcanzarlos —dije desesperado y falto de ideas.

—¿Y luego qué? —respondió Ariel, haciéndome entender que era una maniobra absurda, ya que, aunque llegáramos a ella, no tendríamos manera de subir a bordo.

No escuché sus palabras.

—Alcanza esa nave —ordené inconscientemente al *Z3*, poseído por la ansiedad que corría en mi interior.

—Le informo que la maniobra que solicitas pondrá en peligro el éxito de ese lanzamiento —me aclaró el *Z3*.

—Me da igual, llévanos hasta esa nave —le ordené pensando que no obedecería mi petición.

Aunque Ayara me dijo que el *Z3* estaba programado para cumplir mis órdenes, creí que ante esa situación velaría primero por la seguridad de ese lanzamiento. Pero no fue así. Para mi sorpresa, el *Z3* apuntó la nave justo hacia la estela de humo que crecía sin parar. Segundos después, al recortar distancias, sobre la densa humareda distinguimos la nave. Aún permanecía muy alejada de nosotros, y todavía no había adquirido nuestra altura. Pero el *Z3* alzó ligeramente el morro de la aeronave, trataba de efectuar los cálculos necesarios para que la *Fastest Galaxy* le diera caza, intentando hallar el punto exacto en el que ambas trayectorias iban a encontrarse. Ganábamos altura. El rumbo y la velocidad no variaron.

Ya antes de llegar al punto en el que debíamos haber alcanzado la nave, nos dimos cuenta de que no lo lograríamos. Ya nos había superado en altura. El *Z3* había errado en su cálculo. Aún así seguimos ascendiendo muy próximos a ella y a la columna de humo blanco que desprendía. Por las ventanillas laterales contemplamos su gran tamaño. Era mayor que ninguna otra.

Por suerte el lanzamiento pasó a fase dos. Sin previo aviso, la nave a la que perseguíamos se desprendió de su sección de cola dejándola caer. Pasó muy cerca de nosotros. Dejó de expulsar humo, y la velocidad con la que ascendía verticalmente disminuyó. Gracias a ello comenzamos a recortar distancia.

—Álex, cariño…¿qué pretendes? —Ariel estaba asustada.

Quedé en silencio. No supe qué contestar, no sabía cómo iba a acabar aquello.

Intenté pensar con rapidez en alguna solución. No obtuve resultado. Ariel y Nerón me miraban con incertidumbre. Creo que pensaban que me estaba volviendo loco.

El *Z3* logró colocar la *Fastest Galaxy* al lado de la grandiosa nave. Poco a poco seguimos ascendiendo, hasta posicionarnos a la misma altura que su morro. A través de su ventanal vimos a Akier y Alexo sentados en los puestos de mandos, y a un *Z3* junto a ellos, que pilotaba la nave desde su hueco particular.

Nuestros compañeros todavía no se habían dado cuenta de nada, de nuestra persecución. Y por muchos gestos que les hacíamos a través de nuestros puestos seguían sin vernos. Nos aproximábamos al final de la atmósfera terrestre.

—Les informo que esta nave no está preparada para salir de la atmósfera terrestre —nos alertó el *Z3*.

—¡Abre comunicación con ellos, o llama su atención de algún modo! —le ordené al *Z3*.

En aquel momento mi única intención era boicotear ese lanzamiento, para que lo repitieran con nosotros dentro.

—Negativo. No se puede establecer comunicación —me aclaró.

Sin previo aviso, el *Z3* realizó una brusca maniobra con la *Fastest Galaxy*, con la que estuvo a punto de embestir al otro aparato. Ariel y Nerón gritaron asustados. Nunca me hubiera imaginado que el *Z3* llegaría a tomar esa decisión con tal de llamar de algún modo la atención de mis amigos, tal y como le había pedido. En ese momento me di cuenta de lo que eran capaces de hacer los *Z3* con tal de cumplir las órdenes humanas.

Con esa acción conseguimos llamar la atención de Akier y Alexo, quienes se sorprendieron muchísimo. Entonces empezamos a comunicarnos por gestos con ellos. No entendían nada. ¿Qué pretendéis?, parecían preguntarnos desde sus respectivos asientos.

—¿Por qué no podemos comunicarnos? No los entiendo —le pregunté al *Z3* totalmente desquiciado.

—Para evitar filtraciones, la empresa ha desconectado todo tipo de comunicaciones entre sus aparatos. Las comunicaciones solo son posibles con *New Flights*. Y vuestros intercomunicadores personales no funcionan fuera de las cúpulas.

No nos quedó otra opción que seguir comunicándonos por señas. Akier me seguía preguntando por gestos que qué pretendíamos. Parecía confundido. Con mis manos le comuniqué que debía interrumpir el despegue.

Desde el interior de la *Fastest Galaxy* observamos la fuerte discusión que mantuvieron Akier y Alexo con el *Z3* que pilotaba su nave, ya que no estaba programado para detener el despegue.

Mientras las dos naves seguían ascendiendo a gran velocidad hacia el límite de la atmósfera, la discusión aumentó de nivel.

De pronto, tras el desacuerdo, nuestros compañeros se levantaron de sus asientos y se dirigieron hasta el hueco donde permanecía encajado el *Z3* para golpearle sin descanso hasta dejarlo fuera de combate. Tras sacarlo a la fuerza de su hueco, Akier se sentó en uno de los asientos frente a la mesa de mandos, dispuesto a hacerse con el control del aparato. Los controles de aquella aeronave no eran muy diferentes a los de las demás naves de *New Flights*.

Aunque Akier no consiguió hacerse con la situación, me tranquilicé.

Akier y Alexo se pusieron a buscar un botón concreto en su mesa de mandos. Después de dialogar unos segundos entre ellos, Alexo se aproximó al ventanal y gesticulando nos pidió que esperásemos, que tenían algo pensado. Ellos desconocían la limitación de nuestro vehículo y que no disponíamos de tiempo para esperar. Mientras, nuestro *Z3* mantenía rumbo y distancia con la nave en la que viajaban nuestros amigos.

Segundos más tarde Alexo volvió a acercarse al ventanal. Tras comunicarnos que debíamos mantener máxima atención para comprenderle, gesticuló lo mejor que pudo para explicarnos cuál era el plan. En vez de interrumpir el despegue, iban a abrir la gran puerta trasera de su nave, el acceso destinado para la carga, para que nuestro *Z3* intentara introducir la *Fastest Galaxy* por ella.

—¿Podrás introducirnos si nos abren la parte trasera? —le pregunté al *Z3* para asegurarme.

—Si el primer almacén de carga está vacío, sí —me contestó el *Z3*.

Nuestros compañeros siguieron informándonos mediante gestos de que la puerta ya se estaba abriendo. Así que ordené al *Z3* que nos pusiera detrás de aquella nave para introducirnos en ella. No podíamos perder más tiempo.

Me estiré sobre mi asiento como pude para regalarle a Ariel un abrazo. Conseguí tranquilizarla. Seguro que no éramos los únicos que permanecíamos al borde de un ataque de nervios. Seguro que Ayara lo estaba pasando fatal mientras seguía el transcurso de la misión viendo, sin poder hacer nada, la situación que habíamos generado.

El cielo nocturno perdía su particular tono sobre nosotros. Una negrura más intensa apareció a nuestra derecha. A la izquierda el

Sol comenzaba a alumbrar para dar inicio a un nuevo día. La escena era preciosa. Aquello significaba que estábamos casi fuera de la atmosfera. Apenas pude pensar con claridad o imaginar qué pasaría si a pesar de todo, de nuestra hazaña, perdíamos en el último momento la oportunidad y el pase al interior de la otra nave. Muy pronto, la *Fastest Galaxy* no podría seguir ascendiendo.

FASE 3

Frente a nosotros nos encontramos la gran compuerta trasera abierta. Antes de iniciar la maniobra de aproximación, el *Z3* apuntó toda la luz hacia ella. Tras comprobar que no había nada que obstaculizara nuestra entrada aproximó la *Fastest Galaxy* con cuidado. Justo en el momento en el que el morro de nuestra nave comenzaba a introducirse en ella, los sistemas de la *Fastest Galaxy* comenzaron a pitar.

—¿Qué sucede? —le pregunté al *Z3*.

—Estamos abandonando la atmósfera. Lo siento, la nave no puede seguir ascendiendo —me informó. Vamos a perder el contacto.

Menos mal que otra vez, sin previo aviso, el *Z3* maniobró para salvar la situación. Esta vez activando los sistemas auxiliares de corto impulso, que proporcionaron a nuestro vehículo espacial un brusco e incontrolado empujón que nos introdujo de golpe en la nave que perseguíamos. Nada más entrar, el *Z3* apagó los motores.

—¡Ha sido alucinante! —exclamó Nerón.

Ariel y yo nos miramos. Lo habíamos logrado gracias a la rápida actuación del *Z3*.

La compuerta se cerró bajo nosotros. En aquel momento a consecuencia de la inclinación que seguía manteniendo la nave, el suelo del almacén primario permanecía vertical, al igual que nuestra nave.

La inercia hizo que chocáramos contra el suelo. Después, *Fastest Galaxy,* a causa de la ingravidez, siguió flotando descontroladamente en el interior del habitáculo. Tras golpearse contra las paredes un par de veces, el *Z3* consiguió que la *Fastest Galaxy* se asentara en el suelo del almacén.

Con la nave asegurada nos miramos. Nerón no paraba de repetir que la maniobra había sido espectacular. La emoción le estaba haciendo perder la tranquilidad que había mantenido durante la mayor parte del viaje.

Al salir totalmente de la atmósfera percibimos cómo la nave en la que habíamos entrado abandonaba la verticalidad respecto a la Tierra.

El *Z3* había hecho una labor sensacional. Gracias a él volvíamos a Kepler. Le dediqué una mirada cómplice y agradecida a pesar de ser consciente de que al ser un robot no la entendería como tal.

—¡Guarda y cuida a ese robot como si fuera un tesoro! —bromeó Nerón— ¡Es muy buen piloto!

Sonreí y después volví a mirar al *Z3*. No podía olvidar todo lo que había hecho, la hazaña que había logrado, ni tampoco las decisiones que había tomado por sí solo. Los pasadores que lo sujetaban dentro de su hueco se abrieron, y el *Z3* salió de allí.

Sabía que Ariel había sufrido doblemente durante la travesía, al pensar en el peligro que también corría la vida que se estaba formando en su interior.

—Tranquila, ya pasó el peligro —acaricié su vientre.

—He pasado mucho miedo, Álex —me contestó—. Te quiero.

—Y yo —le correspondí—.

Con intención de encontrarnos con Akier y Alexo salimos de la *Fastest Galaxy*. El *Z3* nos acompañó. Al salir, nuestros cuerpos experimentaron la falta de gravedad que existía en el almacén primario. Flotando, nos desplazamos como pudimos hasta una especie de escotilla situada en una de las paredes. A diferencia de nosotros, el *Z3* sí pudo abrirla. Nuestros compañeros nos esperaban al otro lado. Nos recibieron con los abrazos más cálidos que nos habían dado nunca. Nos alegrábamos mucho al volver a estar juntos. Les presentamos a Nerón.

Al cerrar la escotilla dejamos de flotar, y fuimos apoyándonos poco a poco sobre el suelo. La nave al igual que la *Fastest Galaxy*, poseía un generador de gravedad para nuestra comodidad.

Cuando finalizó nuestro emotivo reencuentro me fijé en mi alrededor. Un corto pasillo, muy iluminado y cilíndrico, nos comunicó con otro acceso. Los cinco, acompañados por el *Z3* caminamos hasta allí, y pasamos a una sala cuyo techo se alargaba ovaladamente hasta acabar sobre el gran ventanal frontal y a ambos lados se fusionaba con los tabiques del habitáculo.

Al llegar a la mesa de mandos nos encontramos con el cuerpo del *Z3* al que Akier y Alexo habían golpeado y tirado al suelo. De repente, a través de los sistemas de comunicación, escuchamos la voz de alguien que permanecía furioso. Era Ayara gritando y balbuceando descontroladamente. Nuestra acción le había enfadado mucho. Estaba fuera de sí.

—Hablaremos con él cuando esté más tranquilo —matizó Alexo sin activar nuestros comunicadores, para evitar que nos escuchara —. Se le pasará. Amigos, tomad asiento.

Nos sentamos frente a la mesa de mandos. Hubo asiento para todos, incluso para el *Z3* que pasó a ser uno más.

—A partir de ahora yo pilotaré —nos comentó Akier.

El escándalo de Ayara continuó durante algún tiempo. Lo intentamos, pero no hubo manera de silenciar la reprimenda que nos estaba dando. Minutos después desapareció su voz.

—Aquí Akier ¿Me reciben?

—Afirmativo. Aquí el controlador de vuelo 107.

—Solicito permiso para activar manualmente la fase dos.

—Permanezca a la espera —respondió el controlador aéreo.

Escuchamos su voz lejos, apartada del sistema de comunicación, consultando con Ayara.

—Permiso concedido. —nos respondió al tiempo— Proceda cuando quiera.

Por lo visto, Ayara estaba más calmado y había aceptado la nueva situación. Nuestra actuación y la de nuestros compañeros, sobre todo al golpear al *Z3,* debía corroerle por dentro. Pero por el momento decidió olvidarlo y centrarse en la misión. No le quedaba más opción que confiar en nosotros, y en Akier como piloto.

Aunque la fase dos aceleró nuestro viaje vertiginosamente, las estrellas permanecieron en su respectivo lugar. Nuestro movimiento seguía siendo insignificante para ellas. Pero no para el espacio que nos separaba de nuestros planetas vecinos. Pronto vimos el primero, Júpiter, ya que Marte se encontraba al otro lado del Sol. Pasamos bastante lejos de él, después lo dejamos atrás. Ocurrió lo mismo con Saturno: navegamos muy alejados de su disco. Dada la distancia apenas distinguimos sus lunas. La velocidad que manteníamos era mucho mayor a la de mis anteriores viajes por el Sistema Solar. A continuación rozamos Urano. Pasamos tan cerca que incluso notamos su atracción. La majestuosidad de Neptuno no faltó en nuestra travesía. Se presentó ante nosotros con todo su brillo, con todo el esplendor con el que se había mostrado otras veces ante mí. Su tamaño aumentó rápidamente. Justo antes de que su atracción pudiera influir en nuestro rumbo, Akier giró ligeramente los mandos. Atraídos por alguna fuerza desconocida, seguimos contemplándolo hasta que desapareció de nuestra vista. Plutón no se hallaba en nuestra trayectoria.

En poco más de media hora nos encontramos con el cinturón de Kuiper. Akier ralentizó el viaje. Aunque sabía que esta vez iba a ser mucho más fácil, se acordó de nuestro anterior episodio en él. Sus ojos se humedecieron al recordar a Edgar. Se tomó unos segundos. Después retomó las comunicaciones con *New Flights*:

—Hemos llegado al cinturón de Kuiper. Mantenemos velocidad para activar el escudo.

—Proceda cuando quiera —le respondió el controlador 107.

Aquella nave nunca hubiera podido traspasar el cinturón de Kuiper sin colisionar. Sus grandes dimensiones hacían casi imposible maniobrar entre los escombros. Por eso mantenía un escudo magnético similar al que poseían las cúpulas de anti radiación de la Tierra. En *New Flights* habían desarrollado e instalado este sistema en todas las naves de grandes dimensiones. Un sistema que servía para pasar entre cinturones de asteroides y áreas espaciales plagadas de rocas y escombros.

Todos los participantes del programa *Thrive on Kepler* y demás trabajadores de *New Flights* permanecían muy atentos a nuestra travesía espacial desde que se procedió al lanzamiento. Cuando nos entrometimos en el despegue con la *Fastest Galaxy,* creamos máxima expectación. Seguían trabajando, pero conectados vía *thoughtnet* a la misión, pendientes de nuestro estado, de nuestra posición y fases de nuestro viaje, con el mismo empeño con el que lo hacíamos en mi tiempo, cuando en horario de trabajo jugaba nuestra selección de fútbol. Desde la sala de control de la misión seguían y observaban todos nuestros movimientos como si se tratara de un reality show de mi época.

Akier activó el escudo, y penetramos en el cinturón de Kuiper.

Después de su enfado por todo lo ocurrido, Ayara se dirigió por primera vez a nosotros para informarnos de que teníamos permiso para iniciar la fase tres cuando abandonáramos el cinturón de Kuiper. La fase tres era el viaje interestelar. A continuación, con un tono amigable y apacible, nos animó a llegar a Kepler sanos y salvos y a conseguir nuestro objetivo.

Éramos conscientes de que perderíamos el contacto con *New Flights* cuando Akier activara el viaje interestelar. Desconocíamos si las comunicaciones iban a volver a estar disponibles después.

—¿Creéis que el escudo nos protegería del ataque de una nave intergaláctica? —nos preguntó Nerón justo cuando desapareció la voz de Ayara.

La mente de nuestro amigo se empezaba a enturbiar. Su mirada le delataba. El viaje estaba siendo demasiado para su cabeza. Simuló imaginar algo. Cerró los ojos. Al abrirlos comenzó a hacer como que pilotaba los mandos de una nave imaginaria y disparaba contra otra. A su lado, el *Z3* le observaba. Ariel y yo nos miramos. Reímos. No nos quedaba otra.

Justo antes de activar el viaje interestelar nos tomamos un tiempo. Akier, Alexo, Nerón, Ariel y yo nos deseamos suerte. Sabíamos las complicaciones que podían surgir. Conocíamos los peligros que mantenía ese tipo de viaje. *Nerón* también le deseó un buen viaje al *Z3*. Volvimos a reír.

La inmensa negrura del universo nos rodeaba. Permanecimos en silencio esperando el aviso de Akier. Los segundos se hicieron largos. Respiré profundamente. Sabía que la tranquilidad no era una cualidad de los viajes interestelares. Lo había podido comprobar. Temía que volviera a suceder algo. Aun así me armé de valor. Ariel me miraba y no quería contagiarle la ansiedad que en ese momento me invadía.

Estirándome como pude sobre mi asiento me acerqué a ella y la besé. Agarré su mano. Una vez más, no pretendía soltarla hasta llegar a Kepler.

Escuchamos a Akier:

—Compañeros: ya sabéis que es normal que alguno de nosotros se desmaye durante el viaje interestelar. Así que, si esto sucede o si ocurre algún otro contratiempo durante la fase tres, que nadie haga nada. Podríais empeorar las cosas o resultar heridos. Pase lo que pase permaneced sujetos a vuestros asientos. ¿Estáis preparados?

Todos contestamos con un enérgico sí. Tras dar su contestación, imitando nuestro gesto, Nerón agarró fuertemente la mano del *Z3* que tenía justo a su lado. El *Z3* no notó nada. Hasta en el más delicado de los momentos, su mente abstracta jugaba con él. La escena llegó a ser muy cómica, aunque la tensión del momento no nos dejó volver a reír.

—Cinco, cuatro, tres, dos, uno…

El viaje interestelar se inició. Las luminarias exteriores fulguraron con intensidad y a continuación se distorsionaron estirándose hacia atrás hasta convertirse en líneas interminables. Aunque el interior de la nave se enturbió para mí, no me desvanecí. Simplemente perdí la noción del tiempo.

MINI BOMBAS DE BIOMO

Parecía que tan solo hubieran transcurrido unos segundos, pero en realidad habían pasado unas diez horas desde que Akier había activado el viaje interestelar. Al mirar el exterior a través del ventanal descubrí que el viaje había terminado. Frente a mí se encontraba la misma imagen de Kepler que vi en su día junto a Manuel. Una pequeña bola verdosa flotando en la apacible oscuridad.

Ariel parecía haber perdido la consciencia. Sus ojos estaban cerrados y su cabeza caía hacia la derecha. La llamé. La moví. Intenté que volviera en sí pero no reaccionaba. A mi izquierda Nerón parecía aturdido. Akier y Alexo acababan de despertarse.

—Estamos en el sistema planetario de Kepler, ¿me reciben? —todavía un tanto confuso, Akier intentaba conectar con *New Flights*.

—Afirmativo. Le escuchamos con alguna interferencia, pero se le entiende —contestaron desde la base.

—Permiso para iniciar la fase cuatro.

—Permiso concedido —contestó la voz de un nuevo controlador.

—¡Enhorabuena, chicos! —escuchamos de fondo la voz de Ayara.

La fase cuatro consistía en activar la velocidad de aproximación y penetrar en la atmósfera de Kepler.

Al activarse la fase cuatro noté una leve aceleración. En ese mismo momento, estimulada quizás por el cambio de velocidad, Ariel reaccionó. Unos segundos le bastaron para recomponerse casi al completo. El nudo de mi garganta se deshizo.

La pequeña esfera aumentó de tamaño rápidamente, y pronto comenzó a mostrarnos toda su belleza y esplendor. Algo más próximos distinguimos sus blancas nubes, sus diferentes tonos verdosos.

Miré a mis compañeros. Sus miradas, iluminadas, alegres, perplejas, como por obra de un hechizo permanecían enganchadas a Kepler. Enseguida la mía también. Sentí una atracción indescriptible hacia él. Sentí que Kepler me llamaba.

En ese momento Akier activó el manual de instrucciones de la misión, y un holograma luminoso muy completo apareció sobre los mandos, explicando todos los pasos que debíamos seguir a partir de ese momento.

El mensaje indicaba que antes de atravesar la atmósfera debíamos ponernos los trajes especiales que llevábamos a bordo para protegernos de la falta de *biomo*. Que los trajes incorporaban su propio sistema de comunicación. Después *keplerizar* la nave en una zona sin *biomo* y salir al exterior con los dos maletines que contenían las esporas y el sistema de replantación. El mensaje acababa explicando cómo debíamos tratar y operar con dichos maletines. A pesar de que Alexo y Akier ya habían recibido esa misma información en los laboratorios mientras Ariel y yo buscábamos a Nerón, permanecieron muy atentos al mensaje holográfico.

Nos pusimos los trajes. Al colocarnos los cascos se activaron los intercomunicadores que nos iban a mantener conectados.

Pocos minutos después penetramos en la atmósfera kepleriana. Al contrario que en mi anterior entrada, tan solo sentimos pequeñas turbulencias. La nave seguía descendiendo a gran velocidad y la densa acumulación de nubes no nos dejaba ver nada. Poco a poco se fue disipando. Tras librarnos de las nubes divisamos el terreno. Traspasamos la atmósfera sin apenas darnos cuenta. Nerón, totalmente ilusionado, contemplaba por primera vez la superficie de Kepler. La emoción se podía leer en nuestros semblantes y nuestros gestos. Éramos muy felices por haber vuelto a nuestro hogar.

—Llévanos hacia esa zona —le demandó Alexo a Akier señalando hacia un área que carecía de la tonalidad característica del *biomo*.

Akier, después de obedecer a su compañero, hizo descender el aparato hacia lo que parecía ser un prado. A continuación posó suavemente la nave sobre la corta hierba. Todo estaba tranquilo a nuestro alrededor.

Desabrochamos las sujeciones que nos mantenían seguros en nuestros asientos. A través del corto acceso circular nos dirigimos a la escotilla que nos daba paso al almacén primario. Akier portaba un maletín, Alexo el otro. Al salir por la compuerta vimos la *Fastest Galaxy* anclada al suelo del almacén, justo donde la habíamos dejado. Después salimos por la gran puerta que previamente Akier había abierto desde la mesa de mandos. Gracias a una rampa descendimos hasta la hierba.

Por el momento los trajes parecían contrarrestar perfectamente la falta de *biomo*. Así que decidimos seguir caminando. Nos alejamos del vehículo espacial para evitar que el calor de los motores afectara a las esporas de *biomo* tal y como nos había recomendado el manual holográfico.

El sol de Kepler brillaba con fuerza en lo alto, reflejándose en la visera de nuestros cascos.

Cuando encontramos la zona adecuada, Alexo apoyó el maletín en el suelo, hincó su rodilla en la hierba, y lo abrió. De él sacó un pequeño tubo que permanecía cerrado herméticamente. En su interior se podía ver un polvo fino compuesto por miles de esporas de *biomo*. Akier abrió el otro maletín. De su interior sacó una especie de mando que tenía un único botón. Alexo le confirmó que estaba listo, y Akier lo presionó.

Al principio no ocurrió nada. Esperamos. Segundos más tarde Akier y Alexo desviaron sus miradas hacia el cielo. Efectivamente, tal y como esperaban, no tardaron en aparecer dos drones en el cielo, que descendían velozmente hacia nosotros.

Los drones comenzaron a mostrarnos imágenes en modo de hologramas del interior de la sala donde Ayara y sus hombres realizaban el seguimiento. Esos aparatos también le estaban transmitiendo a ellos imágenes nuestras en directo. De repente, uno de los drones se acercó considerablemente a nosotros para transmitirnos la voz de Ayara. Durante unos minutos mantuvimos una pequeña charla con él, en la que repasó brevemente como debíamos manipular los cincuenta tubos de esporas que portaban los maletines.

Akier, a unos cinco metros de Alexo, extrajo otro tubo de su maletín. Cuidadosamente y casi al mismo tiempo, ambos giraron la pequeña tapadera que tenían en uno de sus extremos, y con delicadeza los posaron sobre la hierba. Después se apartaron varios metros. Segundos más tarde los tubos explosionaron. Su contenido se extendió cinco metros a la redonda de cada punto. Las esporas quedaron esparcidas sobre la corta hierba. Realizaron esa tarea varias veces, y en puntos diferentes, siempre guardando unos cinco metros de distancia entre ellos y entre la anterior explosión. Ariel, Nerón y yo les ayudamos a hacer explosionar las cincuenta mini bombas de *biomo* siguiendo el mismo procedimiento, que abarcaron una extensa área. Cuando terminamos la operación, uno de los drones que seguía documentando nuestros movimientos reprodujo un nuevo mensaje de Ayara:

—Hemos seguido las imágenes y creemos que habéis realizado bien la operación. Dentro de veinticuatro horas sabremos si tiene éxito. Supongo que os apetecerá reencontraros con vuestros compañeros. Descansad, que os lo merecéis.

Los drones que habían seguido nuestras acciones se elevaron hasta perderse en las alturas. Nosotros volvimos a la nave.

Volábamos a baja altura. El verdoso cielo se reflejaba en los ventanales e inundaba el interior del habitáculo. Sobrevolamos paisajes que a pesar de no poseer la característica tonalidad del *biomo* eran preciosos. Al frente divisamos el inicio de la selva donde se encontraba el poblado. Tras *keplerizar* cerca, salimos de la nave. Estuvimos protegidos de la falta de *biomo* gracias a que todavía llevábamos puestos los trajes. Dejamos al *Z3* en la nave y penetramos en la frondosidad del bosque

Al llegar a la zona rica en *biomo* nos quitamos los cascos y una gran bocanada de vitalidad nos cargó de energía. Instantes después nos desprendimos de nuestros trajes y los dejamos allí siendo conscientes de que tendríamos que volver a usarlos para volver a la nave. Debajo seguíamos llevando la ajustada vestimenta azul de *New Flights,* que tanto contrastaba con el verde de nuestro alrededor. Excepto Nerón, que vestía un mono bastante sucio y deteriorado.

Rodeados de vegetación festejamos nuestra llegada. Un emotivo abrazo grupal nos unió bajo aquellos grandiosos árboles. Un gran grupo de *nírios* descendió para revolotear a nuestro alrededor. El mecanismo de Kepler parecía querer unirse a nuestro abrazo de amistad. Tras la exaltación vivida nos dirigimos hacia el poblado.

El reencuentro con los demás fue muy emocionante. Los primeros en vernos acudieron rápidamente hasta nosotros apartándose de sus labores diarias. Hicieron correr la noticia de nuestra llegada y pronto todo el grupo nos recibió como héroes. Éramos el centro de todas las miradas, nos sentimos queridos y compensados por nuestra hazaña.

De repente, Ariel corrió para abalanzarse a los brazos de Ada y Sandra, que la recibieron con entusiasmo y energía.

Mientras el grupo nos recibía regalándonos todo su calor, mi vista se centró en algo. Entre el gentío me fijé en una figura. Era Manuel que intentaba hacerse un hueco entre sus compañeros para llegar hasta nosotros. Al verle fui en su búsqueda penetrando entre el grupo de personas que se interponían entre él y yo.

—¿Lo habéis conseguido? —me preguntó.

No hicieron falta mis palabras. Manuel captó lo que reflejaba mi semblante. La alegría y la emoción me tenían preso. Manuel me dio una palmadita en la espalda.

—Cuéntamelo todo…

Ariel, Akier, Alexo y Nerón se aproximaron. Entonces, rodeados por todo el grupo, les contamos a todos nuestra hazaña.

Al final del día, mientras los *úrsagos* se alimentaban, nos refugiamos junto a Manuel en la cabaña que compartía con Nathan. La primera noche la pasamos también allí.

Al día siguiente salimos a comprobar si las esporas habían sido eficaces. Al llegar casi al final de la enmarañada selva nos encontramos los trajes del día anterior. Había sido buena idea dejarlos allí. Gracias a ellos pudimos caminar para volver de nuevo a la nave sin sufrir la falta de *biomo*.

Nada más entrar en la nave ordenamos al *Z3* que nos conectara con *New Flights*. Pretendíamos comunicar que íbamos a comprobar el resultado al área donde habíamos esparcido las esporas. Pero no pudo ser. La atmósfera disminuía notablemente nuestra señal. La única forma que teníamos de comunicarnos era a través de los drones de *New Flights* que exploraban el planeta.

El *Z3* pilotó la aeronave esta vez. Uno de los drones de exploración siguió nuestro vuelo muy de cerca, convirtiéndose en los ojos de toda la gente de *New Flights*, quienes esperaban impacientes nuestra confirmación *in situ* de lo que ya habían observado desde sus satélites.

No nos hizo falta llegar hasta el lugar exacto para comprobar la efectividad que había tenido la prueba de replantación. Desde las alturas, parecía que había crecido un lunar en medio del prado. Un punto verde de lo más esperanzador.

Descendimos, nos aproximamos. Observamos la mancha circular. Era increíble cómo la tonalidad del *biomo* se había adueñado de la zona en tan solo un día.

El *Z3* aterrizó la nave muy cerca. Salimos al exterior. A simple vista parecía que había *biomo* donde antes no lo había. Todo apuntaba a que habíamos desarrollado la misión con éxito.

De pronto, el dron que seguía nuestros pasos muy de cerca nos mostró el rostro de Ayara en un holograma. Para que pudiéramos escucharle, alguien desde *New Flights* configuró el dron para que se conectara a los intercomunicadores de nuestros cascos.

—¡Parece que ha funcionado! —exclamó Ayara.

Lo celebramos conjuntamente abrazándonos y saltando de alegría.

—Ahora debéis aseguraros de que la zona es segura. Que uno de vosotros se quite el casco.

Las palabras de Ayara pusieron fin a nuestra celebración. Nos provocaron dudas. ¿Podría ser que tan solo hubiéramos conseguido variar la tonalidad de la hierba? ¿Poseería las características del *biomo*? Estábamos a punto de descubrirlo.

Nos miramos. Nadie parecía decidirse. Entonces Nerón, impulsado por uno de sus peculiares arrebatos, giró el seguro de su casco y lo dejó caer al suelo.

Se hizo el silencio. Preocupados porque le pasara algo nos aproximamos a él. Tras respirar su primera bocanada de aire parecía estar bien. Permanecía relajado, con los ojos entrecerrados. Parecía disfrutar del momento de manera sobreactuada. Extrañados, seguimos caminando lentamente hacia él. No sabíamos si aquello formaba parte del show de Nerón, o si algo le estaba afectando de alguna manera.

Justo cuando nos encontrábamos a escasos centímetros de él, Nerón se desplomó y gritó. Al verle retorcerse sobre la hierba nos alarmamos. Parecía estar loco. Segundos más tarde se echó a reír.

—Deberíais haber visto vuestras caras —seguía riendo.

Nuestro amigo nos la había jugado. Nerón respiraba con normalidad, aunque no actuaba con serenidad. Muy típico de él.

Todo indicaba que la zona era segura. Al ver que no le ocurría nada, que el *biomo* actuaba correctamente sobre él, fui el siguiente en quitarme el casco.

EL GRAN TRASLADO

Ariel, Akier y Alexo hicieron lo mismo. Durante los primeros segundos respiramos profundamente y disfrutamos de la pureza del aire. Después de tantos días lejos de allí volvimos a disfrutar de esa maravillosa sensación.

Nerón todavía se reía, tirado sobre la hierba.

El holograma que seguía reproduciendo el dron nos mostró la celebración del equipo de ingenieros de la sala de control de la misión.

Cuando todo estuvo más calmado, a través de él vimos cómo Ayara anunció para toda la sala que al día siguiente comenzarían a trabajar en la segunda parte del programa *Thrive on Kepler*. Después, Ayara se dirigió hacia nosotros para encomendarnos una nueva y gran labor. Nuestra próxima misión era coordinar a todo el poblado para crear nuevas cabañas, y levantar todos los hogares que pudiéramos, para acoger a los futuros habitantes de Kepler.

La segunda parte del programa *Thrive on Kepler* se llevó a cabo con éxito. Una enorme nave, tripulada por un *Z3* que alojaba cientos de drones en su interior viajó de la Tierra a Kepler. Una vez allí se posó sobre la superficie y dio salida a los drones. Estos realizaron la función para la que habían sido creados. Sobrevolaron a baja altura la superficie del planeta, mientras cada muy pocos metros, arrojaban mini bombas de *biomo*. Miles de explosiones hicieron que en pocos días el *biomo* cubriera casi toda la superficie de Kepler.

Esa misma aeronave también iba cargada de útiles, herramientas y materiales de construcción. Más de un setenta por ciento de su capacidad había sido utilizada para suministrarnos todo lo necesario para construir las nuevas cabañas que se nos habían encargado. Días después volvieron a aterrizar nuevas naves con más material.

Pasado un mes no existía un lugar en el que no creciera el *biomo*. Entre todos habíamos conseguido hacer de Kepler el sustituto perfecto de la Tierra.

Para entonces Ayara mandó iniciar la tercera parte del programa *Thrive on Kepler*. Con la intención de reunir a muchas personas sobre Kepler que se opusieran a los intereses de la NASA cuando esta se enterara, un grupo de hombres de *New Flights* debía ir a los bajos de la ciudad para ofrecer a los *sin thoughtchip* la oportunidad de viajar a Kepler, tal y como se había estipulado en el programa. Aunque al principio no fueron bien recibidos en las grietas, acabaron controlando la situación. La mayoría de los *sin thoughtchip* de *Nueva Villalva* aceptaron la propuesta. Por cuestión de cercanía, primero viajaron los *sin thoughtchip* de este lugar.

Ayara creó muchos más grupos de mediadores que se encargaron de recorrer todos los Estados, grieta tras grieta para intentar realizar esa recogida de gente de la manera más rápida y eficiente. En *New Flights* eran conscientes de que en cualquier momento alguien trascendente descubriría el gran desalojo de gente que se estaba haciendo en los Estados. Por ello era importante llevar, lo más pronto posible, a cuanta más gente mejor. Ayara sabía que todo iba unido, cuanta más gente llegara a Kepler más mano de obra existiría para la creación de cabañas. Cuantas más cabañas construyeran, más gente podría seguir enviando, para tratar de colocar sobre el planeta muchas voces que se opusieran a la NASA.

Las naves llegaban diariamente a Kepler. En cada viaje venían alrededor de setecientas personas, que tras el periodo de adaptación a su nuevo mundo se unían a las labores de construcción de cabañas. Todas ellas sintieron como nosotros la mágica llamada de Kepler. Se adaptaron perfectamente a nosotros, al hábitat y las labores diarias.

Con el tiempo, entre todos transformamos el poblado en una enorme ciudad colgante sin romper la esencia de la selva ni maltratar su hábitat. Las cabañas parecían formar parte del entramado natural de los árboles. Construimos cabañas hasta que no quedó sitio para más. Los hogares llenaban los altos de la selva de punta a punta. Utilizando medios naturales y aprovechándonos de las ramas más consistentes del lugar, realizamos pasajes que las conectaban.

De repente algunos enamorados fueron atraídos hacia el árbol de pétalos rojos y su lago. Cuando estaban preparadas para el gran paso, Kepler se encargaba de llamarles. La propia naturaleza nos confirmó la hipótesis que barajaban desde hacía tiempo en *New Flights*. El amor de esas nuevas parejas nos enseñó que esos lugares eran las puertas a nuestra descendencia, que el problema de nuestra procreación estaba resuelto. Dejamos de ser los únicos que esperábamos con ilusión el milagro de la vida.

A pesar de que uno de los mayores propósitos del programa *Thrive on Kepler* era interferir lo menos posible en el funcionamiento normal del planeta, y todos actuábamos con mucho tiento al respecto, no lo conseguimos. Pronto descubrimos que habíamos provocado un fuerte cambio en la actividad del planeta. Algún mecanismo natural de Kepler se puso en marcha para tratar de contrarrestar la sobredosis de *biomo* que habíamos ocasionado, haciendo que los *úrsagos* se reprodujeran mucho más rápidamente que antes, lo que propició la propagación de una gran plaga de *úrsagos* a nivel planetaria.

La plaga se convirtió en un serio problema para nuestra integridad y el orden de la *Green City*. Los *úrsagos* dejaron de esconderse durante el día y salían a alimentarse a cualquier hora. Nos atacaban diariamente. Sembraron el caos. Durante días paralizaron toda nuestra actividad.

Este hecho, unido a que ya éramos conscientes de que no habíamos podido mantener la primera de nuestras prioridades, no interferir en el funcionamiento del planeta, nos hizo decidir dar un paso más allá.

Para protegernos de los *úrsagos* levantamos una larguísima empalizada alrededor de la *Green City*. No tuvimos otra opción. Al construirla ganamos mucho más espacio, ya nada nos impedía construir nuevas viviendas a ras de suelo. Así que lo hicimos, y Ayara pudo seguir enviando más gente. De ese modo la colonia *Green City* superó las expectativas que Ayara había tenido sobre ella. Sus habitantes se triplicaron. Llegamos a ser casi doce mil.

Dejamos de alimentarnos tan solo de plantas. La carne del *úrsago* sabía a pollo y además resultaba beneficiosa. Así que, dada la proliferación de la especie, decidimos añadirla a nuestra dieta y de ese modo intentar devolver el equilibrio de la fauna. Establecimos grupos de caza. Por suerte estábamos en la cumbre de la cadena alimenticia que acabábamos de crear.

Se creó una comisión social en la *Green City* que fue el enlace directo con *New Flights*. Un grupo de personas se encargaba pacíficamente de que todos cumpliéramos con el orden y el estado de bienestar bajo las escasas leyes que se crearon.

Cuando Ayara creyó que ya éramos suficientes en la *Green City,* en las áreas selváticas más próximas creamos más poblados siguiendo el mismo patrón de construcción. Poco a poco, entre los *sin thoughtchip* que seguían llegando, empezó a venir parte del equipo de *New*

Flights para quedarse. Se comenzó a construir una base, un centro de operaciones de grandes dimensiones justo en el prado donde anteriormente Akier, Edgar y Alexo vivieron, ya que se consideró necesario para el programa espacial, dada la rapidez con la que crecíamos en número. *Kepler Center,* así se le llamó, fue nuestro enlace directo con la Tierra.

Se firmó un tratado que estipulaba que la nueva base levantada en Kepler iba a ser el único lugar permitido para construir infraestructuras artificiales.

Pasado algún tiempo, y después de haber establecido más de veinte ciudades naturales, Ayara decidió comunicar al resto de la Tierra el hallazgo de Kepler y todo lo relacionado con el programa *Thrive on Kepler.* Según Ayara ya poseíamos un poder considerable como sociedad como para oponernos a la NASA, cualquier otra agencia, o Estado terrestre que quisiera apropiarse del planeta para sus propios intereses.

Para intentar apaciguar la reacción de la NASA, Ayara intentó hacer que la agencia norteamericana se sintiera, en cierto modo, privilegiada al compartir la noticia primero con ellos. No obstante, todos sabíamos que la ocultación de algo tan importante les iba a enfurecer, después de todo lo que habían colaborado con la empresa, antiguamente, cuando Manuel estaba al frente.

Más tarde lo anunció al resto de la Tierra. La noticia originó todo tipo de reacciones. Después de muchas disputas y consensos, los líderes mundiales no tuvieron más remedio que unirse para crear un comité que intentara establecer un único gobierno mundial. Fueron muchas las disputas, desacuerdos y dimisiones. En los Estados se originaron muchas reyertas y movimientos en contra. Estuvieron a punto de surgir conflictos armados. Pero tras muchos movimientos políticos y el esfuerzo de los líderes que dejaron atrás sus intereses del pasado, por el bien de la humanidad, se logró consolidar un único gobierno que colaboró con el programa *Thrive on Kepler*. Crearon las infraestructuras necesarias en la Tierra, naves, tecnología y adaptaron las leyes al porvenir de la humanidad. *New Flights* constaba legalmente como primer fundador de ese nuevo gobierno y mantenía la patente de las esporas de *biomo*, lo que le daba una posición privilegiada a la hora de decidir sobre el futuro de Kepler.

Por primera vez, todos los dirigentes de la Tierra apuntaron hacia el mismo propósito, salvar a la especie humana por encima de sus intereses o diferencias. El nuevo gobierno puso en Kepler suficientes equipos de construcción como para levantar todas las ciudades naturales necesarias para seguir trasladando al resto de los habitantes de la Tierra. Y prometió llevar hasta el último humano.

Pero hay cosas que nunca cambian. La gente adinerada, las personas de poder, la gente bien posicionada y los dirigentes de ese nuevo gobierno se concedieron el privilegio de viajar primero a Kepler. Pero esa ventaja se terminó para ellos al llegar. Pronto se percataron de ello. En Kepler las cosas funcionaban de otro modo. La mentalidad de los que ya vivían allí apuntaba hacia otro lado, lo que imposibilitó que mantuvieran sus privilegios terrestres.

La gente continuó llegando y la humanidad se expandió por el planeta. Todos trabajaban para crear nuevos poblados siguiendo el modelo de la *Green City*, aunque esta fue la única que mantuvo las casas colgantes. Las empalizadas que se construían rodeándolas hacía que ya no fuese necesario colgar los hogares en las alturas.

Los habitantes de los Estados de Madrid y de *Nueva Villalva* pasaron a ser habitantes de la *Green City*. Esto hizo que Nerón y Ricky se encontraran de nuevo y que yo mismo viviera unos cuantos encuentros peculiares. Aunque por su importancia para mí, destacaría uno por encima de todos. ¿Qué debió pasar por la mente de Nicolás Rosellinni al verme? Ninguno de los dos supimos cómo reaccionar. Fue curioso. Kepler hacía que los sucesos anteriores no tuvieran validez.

Poco a poco aumentó la población en Kepler y disminuyó la de nuestro antiguo mundo. Conforme se vaciaban los Estados de la Tierra se desactivaron las primeras cúpulas magnéticas.

Todo el mundo se amoldó rápidamente a ese mágico lugar, rebosante en vitalidad. Kepler cambió el modo de pensar y los intereses de la gente. Las personas confiaban entre sí sin necesidad de conocerse, fundiéndose y conectando con la armonía de ese maravilloso hábitat. Parecía que Kepler había estado esperándonos.

Cuando la NASA, o lo que quedaba de ella, llegó a Kepler lo hizo acogiéndose a las condiciones impuestas. El hecho de no haber sido pioneros del mayor descubrimiento de la humanidad provocó que la antigua potencia norteamericana dejara de apostar en ella y pasara a invertir todo su dinero en la exitosa misión de *New Flights*. Pasado un tiempo, la mayoría de empleados de la NASA, tras quedarse sin empleo, pasaron a trabajar para Ayara formando parte del grandioso equipo de *New Flights*. Esto hizo que la NASA desapareciera de la primera plana y perdiera su poder.

El parto había comenzado. En nuestra nueva cabaña todo estaba preparado desde hacía días para el acontecimiento. El médico que, a principios del embarazo, Ayara nos había asignado acudió rápidamente. Por suerte Ada y Sandra vivían muy cerca de nuestra nueva casa y también estuvieron presentes, prestándonos toda su ayuda.

Akier, Alexo, y Nerón, junto a nuestros amigos, vecinos y compañeros más afines, esperaban noticias al otro lado de la puerta.

Ariel permanecía tumbada sobre su cama, la cual estaba perfectamente acondicionada para la ocasión. Ada, Sandra y yo nos encontrábamos junto a ella, acariciándola y tratando de relajarla. Sentía mucho dolor. Las contracciones eran bastante intensas. Ariel lo estaba pasando muy mal.

El médico instó a Ariel a empujar todavía con más fuerza justo cuando el niño asomó la cabeza.

Me encontraba muy nervioso. Presenciar la escena me mareó, hasta el punto de que casi me desmayo. Por suerte, al notar mi tambaleo, Ada me sujetó y el médico pudo seguir centrado en su labor.

Cuando me recompuse, volví a agarrar la mano de Ariel. Después me arrepentí de no haberlo hecho con la de metal. Ariel me la estranguló al mismo tiempo que empujaba.

Poco tiempo después, ante mí apareció la escena más emotiva que la vida puede regalar. La cabeza de mi niño estaba totalmente fuera. Después salieron sus frágiles hombros, su abdomen, y casi en menos de un suspiro, el médico puso mi niño en mis brazos. Sí, era un niño, y tenía la belleza de Ariel.

Corté el cordón umbilical y lo acerqué a su madre. Los ojos de ambos brillaban. Después, Ariel y yo nos miramos y con un beso celebramos lo afortunados que éramos.

Daniel fue registrado como el primer kepleriano. Daniel fue el claro ejemplo de que la vida, otra vez, había conseguido superar las adversidades, ampliando fronteras.

FIN

EPÍLOGO

Kepler cambió el modo de vida de la humanidad. Cambió nuestros actos y aumentó nuestra felicidad. Empezamos a querernos mutuamente como individuos de una misma especie. Comenzamos a velar por nuestros semejantes. La magia de Kepler fue la responsable.

Cuando Daniel cumplió el primer mes de vida fui asignado como comandante de la *Deep Galaxy*, la última nave que quedó surcando el universo, trasladando a los últimos humanos de la Tierra a Kepler. Un pequeño grupo de personas, formado por seis mediadores y tres ingenieros aeronáuticos y un piloto, completaban mi equipo. Durante mis descansos laborales disfruté plenamente de mi familia y de la magia de Kepler 22b, mi nuevo hogar.

Meses más tarde acabó el traslado de personas y todas las cúpulas, excepto una, fueron desactivadas. En el pasado, se había calculado que la energía disponible en la Tierra hubiera podido mantener activas las cúpulas durante una decena de años más. Sin embargo, esa misma energía podía satisfacer el gasto de una sola durante muchísimos años. El nuevo gobierno, para mantener una última puerta con nuestro deteriorado mundo, mantuvo la protección magnética sobre *Nueva Villalva*. De ese modo la humanidad no abandonó completamente la Tierra y *New Flights* pudo seguir con toda la actividad que tenía en marcha relacionada con el programa *Thrive on Kepler*.

Aunque viva en el paraíso, no he dejado de admirar todo lo que nos rodea. De vez en cuando sigo liderando misiones a la Tierra a bordo de la *Deep Galaxy*, y cada vez que surco el cosmos, siento lo mismo que sentí la primera vez.

Como os conté al principio de esta historia, nunca hubiera imaginado un futuro mejor en la vida ni tan espectacular. Daniel crece muy rápido, más sano y vital que cualquier otro niño ha crecido nunca. Estoy viviendo la vida que yo mismo hubiera deseado vivir si hubiera sido capaz de imaginar. Tengo la persona que amo a mi lado. Todo mi alrededor forma parte de mí, y yo formo parte del paraíso terrenal más grande jamás conocido. El universo nos abriga, sigue jugando a nuestro favor. Lo siento cada vez que salgo allí afuera, cada vez que viajo entre dos mundos.

Joseph

Algunos aseguraban haberlo visto. Unos creían que debía haber muerto el día que se fue, ya que le habría resultado imposible llegar a otra zona rica en *biomo* sin sufrir los efectos de su escasez. Otros pensaban que tenía que haber servido de alimento para los *úrsagos*. Muchos fueron los rumores sobre él. Aunque lo único cierto era que tras la replantación del *biomo* y la expansión de la humanidad nadie halló sus restos.

Pasaron los años, y la existencia de Joseph pasó a ser una mera leyenda.

Alexo

Siguió desempeñando labores de ingeniería. Ayara lo convirtió en una pieza clave del programa *Thrive on Kepler*. Su profesionalidad fue reconocida por todos.

Un par de años después de nuestro regreso tuvo la suerte de conocer a una bella mujer que anteriormente había vivido toda su vida en el subsuelo de Madrid. Se enamoraron a primera vista y se casaron. Un día recibieron la llamada de Kepler, para visitar el lago y el árbol de pétalos rojos.

Al igual que yo, Alexo vivió feliz junto a su familia.

Akier

Su gran prestigio le convirtió en profesor de vuelos espaciales y director de *Kepler Center,* el nuevo centro de operaciones levantado en Kepler. Cada día salía al espacio con los alumnos más aventajados de la escuela de vuelo. El contacto directo con el universo lo hizo muy feliz.

Manuel Sánchez

Éramos conscientes de que se lo debíamos todo. Le cuidamos hasta el último minuto. Ayara, todos nosotros y los integrantes del programa *Thrive on Kepler* estuvimos muy pendientes de él y de sus necesidades. La magia de Kepler también colaboró manteniéndole completamente feliz y libre de sufrimiento hasta que su reloj biológico se apagó. Manuel falleció un año después de su llegada, orgulloso de su hazaña y de haber encontrado un nuevo mundo para la humanidad.

Ander Ayara

Aunque todos le conocían, nadie hubiera adivinado que su vecino de cabaña era el director general de *New Flights* y el hombre en el que recaían más responsabilidades de Kepler. Ayara decidió vivir humildemente como uno más. Él y su familia compartían hogar con dos antiguos *sin thoughtchip* a los que apreciaban mucho.

Kevin y Ricky

Cuando se conocieron los unió la amistad. Acompañados por el único *Z3* que vivía fuera de las instalaciones de *Kepler Center,* viajaban hacia *Nueva Villalva* cada mes para revisar periódicamente la única cúpula activa de la Tierra. Esa fue la labor que se les encomendó, además de mantener la conexión entre ambos planetas.

Nerón

Aunque el lazo de amistad que nos unía se acrecentó hasta el punto de querernos como hermanos, Nerón encontró otro gran amigo. A pesar de saber que no era técnicamente posible, a veces dudé si el *Z3* era capaz de corresponder sus sentimientos. Ambos formaban la pareja perfecta.

Nerón vivió muy cerca de nuestra cabaña con el único robot al que se le había permitido permanecer fuera de *Kepler Center,* ya que todo el mundo veía que, gracias a la compañía de ese *Z3*, Nerón se estaba curando de sus crisis mentales. Se pensó que un solo androide no podría ser un peligro para el hábitat.

Ariel

Meses después de dar a luz nos casamos. Manuel ejerció de padrino en sus últimos días de vida, Ariel lo quiso así.

Todos los días Ariel me demostró su amor, comprensión, y confianza. Después de las distancias cósmicas que se habían impuesto entre nosotros en el pasado, no le gustaba que saliera de viaje. Pero acabó comprendiendo que alguien tenía que hacerlo. Fue la mejor madre y esposa del mundo.

Daniel

Cuando llegaba de mis viajes, Daniel siempre me tenía preparada alguna sorpresa. Su madre le había animado y acostumbrado a eso.

Daniel fue el primer niño nacido en Kepler, el primer kepleriano, y por ello cuando se hizo adulto fue nombrado director general del Comité de la Vida Kepleriana. El futuro de Kepler y de nuestra civilización recayó en su generación. Su voz y sus decisiones jugaron un papel importante.

NOTA DE AUTOR

La discusión entre ciencia ficción dura (más realista) o blanda (más fantasiosa) viene de lejos. Algunos lectores defienden que toda novela de ciencia ficción debe mantener un carácter científico considerable hasta el final, sin dejar espacio a hechos demasiado fantasiosos. Sin embargo, otros prefieren encontrarse historias con una perspectiva más blanda, sin demasiados datos y rigor científico, porque esto les aburre. Desde siempre, ambas posturas han tenido cabida dentro del gran género de la ciencia ficción. Además están reconocidas y por ello tienen su particular nombre para diferenciarse: dura y blanda.

En mi caso, por norma general, disfruto más con una buena historia de ciencia ficción dura. Vibré leyendo Contact *y* The Martian, *y películas como* Interestelar, Gravity *y* La llegada *me apasionaron. No obstante, hay historias de ciencia ficción blanda que me encantan como, por ejemplo;* El Mundo de Rocanon, Un viaje alucinante *o la primera parte de* Avatar.

Exiliado en el futuro *surgió de forma espontánea. La gente que mejor me conoce sabe que fue tomando forma a partir de un pequeño sueño que tuve. Por lo tanto, aunque a primera vista me atraiga más la ciencia ficción dura, y* Exiliado en el futuro *no lo era, me vi obligado a escribir la historia. Aunque esta obra contiene aspectos reales como, por ejemplo; datos de Kepler 22b, descripción de planetas y elementos espaciales, nunca hubiera podido tomar consistencia sin haber hablado de viajes más rápidos que la luz, tecnología inventada o describir técnicas médicas que no hemos alcanzado todavía.*

Me lo he pasado genial durante la creación de esta bilogía. Esta obra me ha ayudado a autodescubrirme y a encontrar una actividad que quiero que forme parte el resto de mi vida, escribir. Estoy seguro de que en el futuro escribiré historias de ciencia ficción dura al igual que de ciencia ficción blanda. Algún día me lanzaré a escribir sobre otro género, solo es cuestión de tiempo. Lo sé.

Por último, solo me queda agradecerte a ti querido lector, que hayas leído y confiado en la primera historia que he publicado. Mi única intención ha sido entretenerte. Y si además he conseguido que disfrutes una pequeña parte de lo que lo he hecho yo, quedo más que satisfecho.

A continuación, ya que estamos hablando de ciencia ficción dura y blanda, os dejo una breve descripción de la historia de ambas.

Ciencia ficción dura

Durante la edad de oro, la ciencia ficción tuvo un carácter claramente divulgativo, al menos entre los escritores serios como Isaac Asimov y Arthur C. Clarke. Estos autores hicieron que surgiera una rama del género en el que la ciencia y la tecnología eran tratados con absoluto rigor.

El término «ciencia ficción dura» fue utilizado por primera vez en 1957 por P. Schuyler Miller, en una reseña que hizo de la novela Islands of Space *de John W. Campbell, Jr. Desde entonces la ciencia ficción dura se ha caracterizado por su buena relación entre el contenido científico, el desarrollo de la historia y el rigor de la ciencia en sí. La historia desarrollada en una obra de «ciencia ficción dura» debe ser precisa, lógica, creíble y rigurosa en relación con los conocimientos científicos del momento, siendo teóricamente posible la tecnología, los fenómenos, los escenarios y las situaciones descritas.*

No obstante, existe cierto grado de flexibilidad acerca de hasta dónde puede alejarse una novela de la «ciencia real», para que deje de pertenecer a este subgénero. Algunos autores evitan escrupulosamente hechos aparentemente inverosímiles (como los viajes a velocidades superiores a la de la luz), mientras que otros aprueban estos conceptos ya que permiten que su historia sea posible, pero se centran en una descripción realista de los mundos que dicha tecnología podría generar.

Los lectores de «ciencia ficción dura» a menudo tratan de encontrar errores en las historias, a modo de juego o con ánimo de probar sus conocimientos. Algo que no deberían hacer con una historia de «ciencia ficción blanda» si quieren disfrutarla.

La novela Mundo Anillo, *de Larry Niven, recibió bastantes críticas de aficionados a la física, debido a que el sistema en el que es creado el* Mundo Anillo *debería llevarle a su propia destrucción. Por ello, Niven corrigió algunos de sus errores en su secuela* Ingenieros del Mundo Anillo *(de 1980).*

La ciencia ficción dura presenta normalmente varios problemas. Para empezar, su elevada carga científica no la hace fácilmente asequible a todo el mundo. Las obras suelen ser difíciles de leer sin una buena preparación en campos como el electromagnetismo, la astrofísica, la física, etc. Y, por desgracia, a esto se suma en muchas ocasiones que los autores sacrifican aspectos narrativos bastante importantes en aras de la ciencia.

Ciencia ficción blanda

Es la oposición a la ciencia ficción dura. La nueva ola de escritores de ciencia ficción trajo consigo historias que se alejaba definitivamente de los estándares de la ciencia ficción dura. Muchos autores buscaban especulaciones sobre el hombre mismo, abandonando toda intención divulgativa (al menos, desde el punto de vista de las ciencias puras). Ray Bradbury y sus Crónicas marcianas *serían un magnífico ejemplo.*

Ahora son buenos tiempos para la «ciencia ficción blanda» en el cine. Sin embargo, muy a menudo se utilizan estos guiones para ofrecer acción y llamativos efectos especiales, quedando lo científico totalmente eclipsado por la fantasía. Vende más la «ciencia ficción blanda» (por ejemplo; "Los juegos del hambre"*), que una propuesta cinematográfica más profunda y científica como* "Moon". *Y lo mismo sucede con los libros.*

Es indudable que desde el punto vista de la fidelidad científica y la divulgación, una película o libro de ciencia ficción dura puede dar una visión que se ajuste más a la realidad, incluso puede enseñar conceptos. Pero deberíamos tener en cuenta que el cine y la literatura también cumplen una labor de mero entretenimiento, que para instruirse en temas científicos las personas suelen utilizar otros medios.

Por ello, quizás, la película de «ciencia ficción» mejor valorada de todos los tiempos es considerada por muchos como un soberano aburrimiento.

¡GRACIAS POR LA LECTURA!

Si te ha gustado el libro no olvides dejar tu opinión en los comentarios de Amazon. Tu valoración es muy importante para mí. Con tu gesto estarás contribuyendo a que la historia llegue a más gente.

GRACIAS

SOBRE EL AUTOR:

Ismael Santiago Rubio (1988) nació en Villena (Alicante), población donde reside. Su afición al cine, los cómics y la literatura de ciencia ficción, le viene de niño. En 2014 publicó *Exiliado en el futuro* y en 2016 *Viajando entre dos mundos*, novela con la que puso punto y final a esta bilogía de ciencia ficción blanda que se ha vendido en España y en otros países hispanohablantes, como Colombia, Ecuador, México, así como en Estados Unidos, Francia y Canadá. Tres años después publicó *Inmemorian*, obra que se alzó con el Premio Literario Amazon de 2019 y que ha obtenido un gran reconocimiento del público. *El caso de los cerebros inservibles* es la segunda entrega de la serie de historias de *Inmemorian*. Recientemente ha publicado su primer ensayo: *Así gané el premio literario de Amazon*, un libro con el que pretende acercar el certamen a futuros aspirantes y compartir una bella experiencia vital que le sucedió durante su paso por el concurso.

En la actualidad trabaja en varios proyectos literarios diferentes, al mismo tiempo que escribe para que nuevas historias de *Inmemorian* vean pronto la luz.

Además, Ismael dirige su propio podcast: *El Cosmonauta*, un programa de ciencia, misterio y ficción que puede escucharse en la plataforma de Ivoox.

CONTACTA CON ISMAEL SANTIAGO EN:

Facebook Ismael Santiago Rubio – Escritor

Twitter: @ismael_escritor

Instagram: @ismael_escritor

Telegram: Lectores de Ismael Santiago Rubio

Youtube: El videoblog de Ismael Santiago Rubio

Sitio web: www.ismaelsantiago.com

Correo electrónico: info@ismaelsantiago.com

Inmemorian
(Novela ganadora del Premio Literario Amazon 2019)

El caso de los cerebros inservibles:
una historia de Inmemorian

**Así gané el Premio literario (de Amazon)
y consejos de otros ganadores y finalistas.**

*Puedes encontrar todos los libros en:

www.ismaelsantiago.com

*Suscríbete a la lista de correo para recibir las novedades.
Escanea este código: